U0533197

椿 ノ 恋 文

山茶的情书

[日] 小川糸 —— 著　廖雯雯 —— 译

"TSUBAKI NO KOIBUMI" by ITO OGAWA
Copyright © 2023 Ito Ogawa
All Rights Reserved.
Original Japanese edition published by Gentosha Inc.
This Simplified Chinese Language Edition is published by arrangement with Gentosha Inc.
through East West Culture & Media Co., Ltd., Tokyo
Simplified Chinese edition copyright © 2024 by China South Booky Culture Media Co., Ltd.

© 中南博集天卷文化传媒有限公司。本书版权受法律保护。未经权利人许可，任何人不得以任何方式使用本书包括正文、插图、封面、版式等任何部分内容，违者将受到法律制裁。

著作权合同登记号：字 18-2024-165

图书在版编目（CIP）数据

山茶的情书 /（日）小川糸著；廖雯雯译 . -- 长沙：湖南文艺出版社，2025. 2. -- ISBN 978-7-5726-2191-8
I. I313.45
中国国家版本馆 CIP 数据核字第 2024JL1218 号

上架建议：畅销·日本文学

SHANCHA DE QINGSHU
山茶的情书

著　　者：[日]小川糸
译　　者：廖雯雯
出 版 人：陈新文
责任编辑：张子霏
监　　制：邢越超
策划编辑：李彩萍
特约编辑：王玉晴
版权支持：金　哲
营销支持：周　茜
装帧设计：梁秋晨
封面插画：[日]shunshun
内文排版：百朗文化
出　　版：湖南文艺出版社
　　　　　（长沙市雨花区东二环一段 508 号　邮编：410014）
网　　址：www.hnwy.net
印　　刷：三河市中晟雅豪印务有限公司
经　　销：新华书店
开　　本：875 mm × 1230 mm　1/32
字　　数：197 千字
印　　张：11
版　　次：2025 年 2 月第 1 版
印　　次：2025 年 2 月第 1 次印刷
书　　号：ISBN 978-7-5726-2191-8
定　　价：56.00 元

若有质量问题，请致电质量监督电话：010-59096394
团购电话：010-59320018

目录

紫阳花	001
金木樨	071
山茶	143
明日叶	213
莲	277

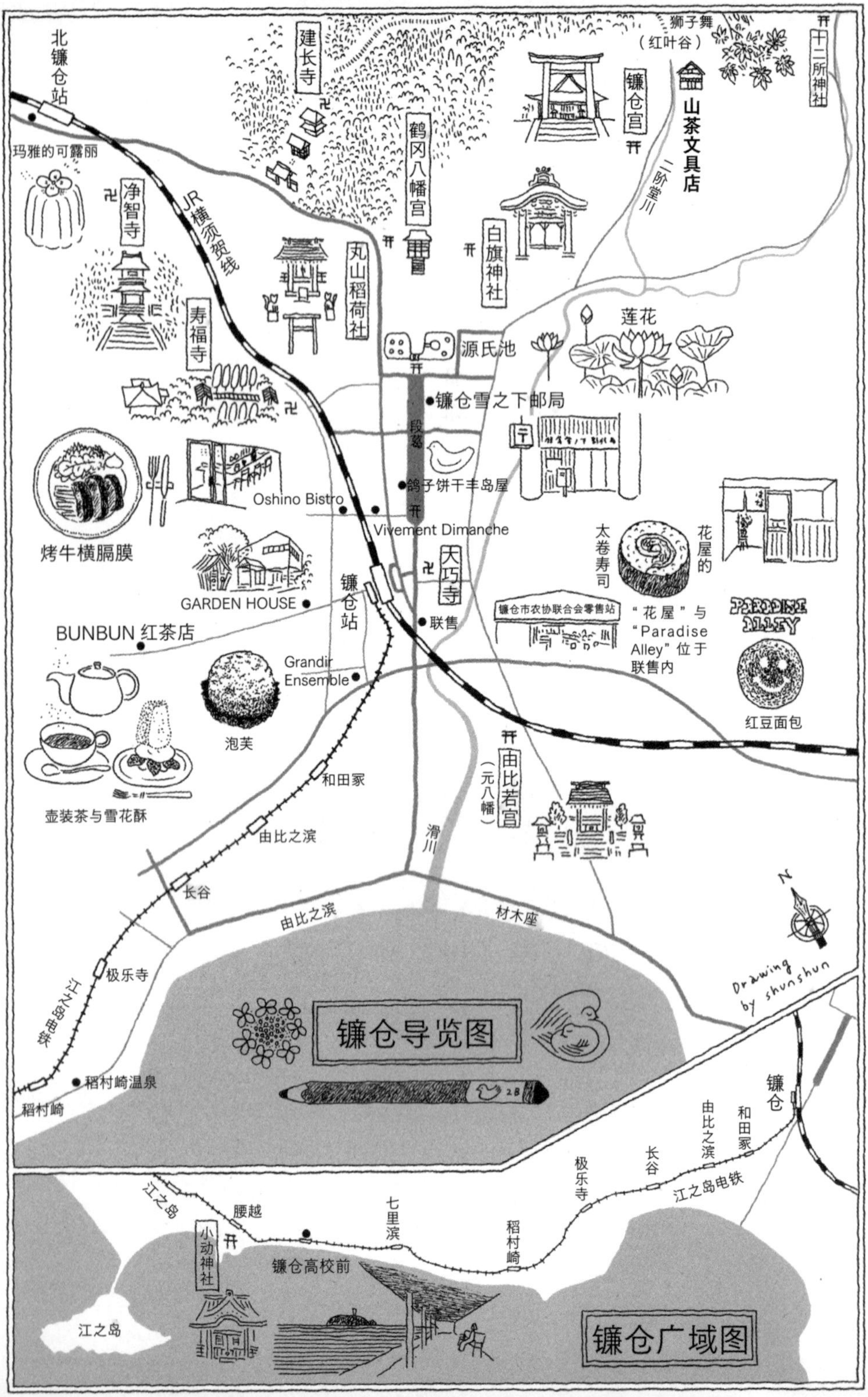

北镰仓站
建长寺
狮子舞
（红叶谷）
十二所神社
镰仓宫
山茶文具店
玛雅的可露丽
净智寺
JR横须贺线
鹤冈八幡宫
二阶堂川
白旗神社
丸山稻荷社
寿福寺
莲花
源氏池
镰仓雪之下邮局
段葛
鸽子饼干丰岛屋
Oshino Bistro
Vivement Dimanche
烤牛横膈膜
太卷寿司
花屋的
大巧寺
GARDEN HOUSE
镰仓站
镰仓市农协联合会零售站
联售
“花屋”与“Paradise Alley”位于联售内
PARADISE ALLEY
BUNBUN 红茶店
Grandir Ensemble
红豆面包
泡芙
由比若宫
（元八幡）
和田冢
壶装茶与雪花酥
由比之滨
滑川
长谷
由比之滨
材木座
N
Drawing by shunshun
极乐寺
江之岛电铁
镰仓导览图
2B
稻村崎温泉
稻村崎
镰仓
和田冢
由比之滨
长谷
极乐寺
江之岛电铁
江之岛
腰越
七里滨
稻村崎
小动神社
镰仓高校前
江之岛
镰仓广域图

伊豆大岛导览图

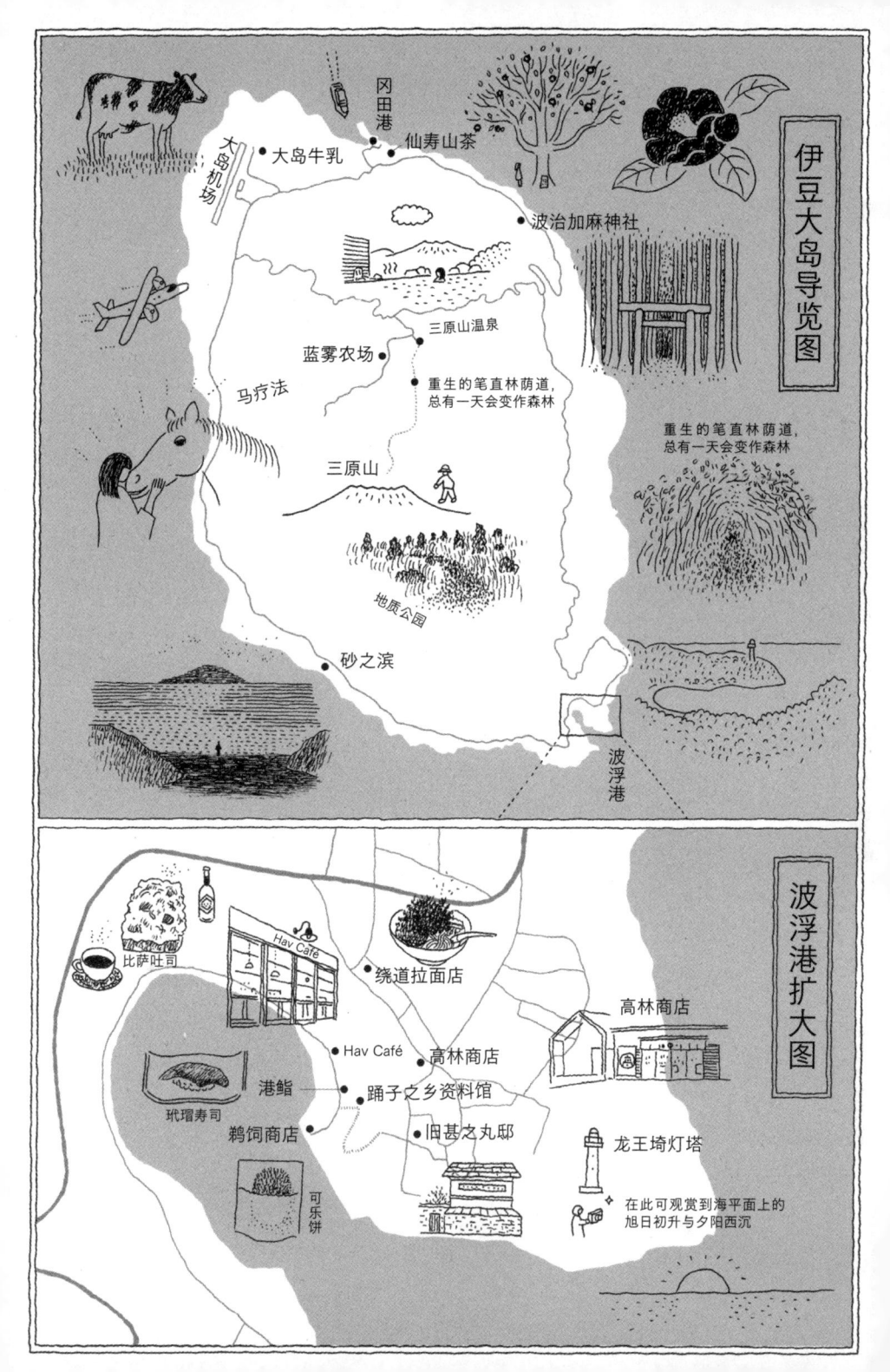

- 大岛机场
- 大岛牛乳
- 冈田港
- 仙寿山茶
- 波治加麻神社
- 蓝雾农场
- 三原山温泉
- 马疗法
- 重生的笔直林荫道,总有一天会变作森林
- 三原山
- 地质公园
- 砂之滨
- 波浮港

重生的笔直林荫道,总有一天会变作森林

波浮港扩大图

- 比萨吐司
- Hav Café
- 绕道拉面店
- 高林商店
- 港鮨
- 玳瑁寿司
- 踊子之乡资料馆
- 鹈饲商店
- 旧甚之丸邸
- 可乐饼
- 龙王埼灯塔
- 在此可观赏到海平面上的旭日初升与夕阳西沉

紫阳花

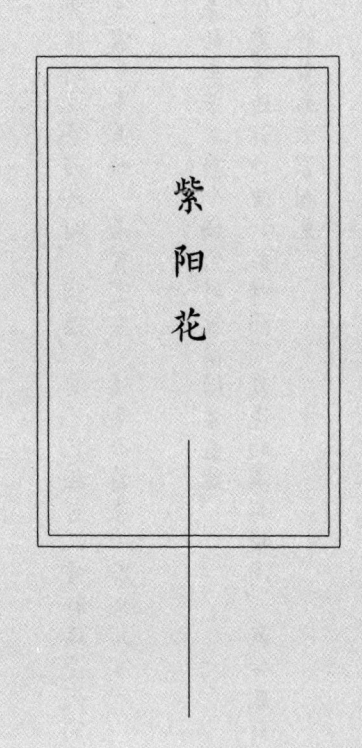

山茶的情书

抱歉。

尽管每天都如同太空旅行，不过前阵子，小梅与莲太朗开始一起念小学了。十分感谢这段时间内，用温暖的目光守护我们成长的各位。

结束了漫长的休假，代笔屋将于今年春天再度营业，目前我正为此积极筹备着。

当大家收到这条消息时，我想，自己已经可以重新接受代笔委托了。

恳请大家多多关照，若有需要，请务必前来山茶文具店。

接下来的季节，整个镰仓将变得绿意盎然。如果你愿意造访这里，品味闪闪发亮的美好瞬间，我会感到非常幸福。翘首以盼能与大家相见。

山茶文具店店主

雨宫（守景）鸠子

致予以我们关照的诸位：

又到了樱花盛放的季节。

大家过得还好吗？

段葛的维修工程告一段落，如今，那里的樱花正绚烂开放。

尽管现在有些迟了，但依然想告诉大家，我家增添新成员了。六年前，我们有了次女小梅，翌年长男莲太朗出生。可喜可贺，我们组成了五人大家庭。

今年春天，长女阳菜（QP妹妹）便读初三了。

怀孕、生产、育儿，这些人生大事在我的生命中先后发生了两次，开心的同时，我也不得不面对各种混乱的场景，每天都过得手忙脚乱。

在此期间，我疏于代笔业务，给大家造成不便，请允许我发自内心地说声这封信我研读过数遍，仔细检查有无语病、遣词造句是否通顺等。为确保万无一失，我用打印机先打印了一份，纸的颜色选择的是令人联想起樱花的淡粉色。

我打印了很多这样的信，等纸张上的余温彻底散去后，将它们与香包一起放进从前QP妹妹当作文具盒使用的装鸽子饼干的特大黄色方盒中。几日之后，信纸便染上了似有若无的芬芳。

收件人打开信封时，会闻到一股轻柔幽雅的香气，就当是我的一片小小心意。

至于信封，我选择了象征明媚春光的淡黄色西式2号，用钢笔一一写上收件人的姓名。不过，寄件人的地址是印上去的。我将自己手写的地址刻成橡皮印章，使用与收件人姓名同款的蓝黑色墨水盖印。但是自己的姓名，我希望能够一封一封亲笔书写。

令我烦恼的是姓氏。到底该选择旧姓"雨宫"，还是与蜜朗一致的"守景"，细究起来其实无关紧要。直接署名"鸠子"的话，又显得过于亲昵。一番纠结之后，我决定用括号把"守景"括起来，将"雨宫"放在最前面。

和蜜朗结婚时，我并未多想，只是顺其自然地把姓氏从雨宫改作守景。与此同时，我也开始办理银行账户与信用卡的姓名变更手续，中途却遭遇了麻烦，不仅耗费时间，还得缴纳一定费用，此前的人生仿佛被强行变回一张白纸，这让我的精神十分沉重。

我感到疑惑不解，迄今为止，我以雨宫鸠子的身份而活的人生又算什么呢？就因为结了婚，而必须使用夫妻某一方的姓氏，其中的理由我实在想不明白。那种认为改成同一个姓氏，就能加深亲人之间羁绊的想法，在我看来反倒是对羁绊的轻视。

意识到这点后，我才发现我平日依然习惯以雨宫自报姓名，只有在处理与孩子们的学校相关的事宜时，为了避免认知上的混乱，我会使用守景。

就这样，作为妻子的我，被区区一个姓氏耍得团团转，内心难免有些愤愤不平。然而，哪怕我为这类小事挥舞拳头，希望在政治上有所改变，现实中也是不可能的。

总之，如今的雨宫（守景）鸠子忙于育儿、家务等眼前琐事，用尽全力地过着每一天。尽管我十分赞同结婚时夫妻双方可以选择维持旧姓，却也没有那种闲工夫为改变相关法律而起诉什么。

似有若无的香包芬芳，让原本平淡无奇的 A4 复印纸变得美好起来。粉色的普通信纸仿佛化了妆，摆出一本正经的表情，客气地微笑着。

制作香包的原料只有白檀、樟脑、丁香及桂皮等天然香料。我将脸凑近信纸表面，轻轻吸了一口气，立刻感觉被某种庞大的存在温柔地抚了抚脑袋。

在不分昼夜的育儿生活中，一段转瞬即逝的悠闲时光无比重要。这个道理，是我陷入育儿旋涡后逐渐学会的。好比在马拉松比赛中，如果供水点的一角放着我最爱的零食，那么所有苦痛就会在瞬间一扫而空。

需要贴在信封上的邮票面值，在过去的八年间上涨了两次。虽说随着消费税的增长，这是无可奈何之事，但要将手边剩余的八十元邮票一张一张补贴成足额的邮票，还是非常麻烦。

现如今，一封普通的信件，重量不超过二十五克，需贴八十四元的邮票；如果超重，但重量在五十克以内，则需贴九十四元的邮票。这次的书信大约是一张 A4 纸的重量，怎么都不会超过二十五克。我有些发愁，不知能不能找到八十四元的邮票。

市面上常见的八十四元的邮票是梅花图案的，可是，照眼下的季节看，梅花已经过时，若是贴上就有些不解风情了。最重要的是，它会让这封信显得公事公办、索然无味。

我打开家里的邮票盒，在为纪念百年人口普查而发行的一套邮票里，找到了一种画着一家六口的可爱邮票。守景家现在有五名成员，将来也许还会增加一人。再说，美雪仍是我家不可或缺的一员。因此，邮票上的人数不是问题。

这回，我决定以上述想法为中心来贴。如果是贴纸式邮票，贴起来会轻松许多，不过这也是没办法的事。

利用三个孩子上学的时间，我集中精力贴着邮票。在此过程中，我格外注意配合信封的直角，选择好看的位置，一张一张端正地贴着。如果将书信比作一张脸，那么邮票便是嘴。没有比口红溢出嘴角更加难看的了。

贴邮票的时候，我想起我曾在 QP 妹妹的协助下，制作纸飞机形状的结婚告知书。那时候，我异想天开地用活字印章组版，盖印后做成书信。如今，那种费时费力的工作，于我而言根本没法完成，我也毫无动力去做。

活字版印刷的效果确实不错，字迹优美而有温度，但印刷技术也在进步。如果打印机能够帮我快速便捷地打出好看的文字，那么它就是最棒的。身为三个孩子的母亲，现在的我忙得不可开交，自然会从合理性的角度来思考问题。

"完成啦。"

终于为最后一封信贴好邮票。我很开心拥有这段独属于自己的时间，一时有些忘形，不由得自言自语起来。

之后，只需将信纸以四折方式叠好，装进信封后封口，便大功告成。这道工序，我打算等夜里孩子们就寝后再完成。

翌日，我久违地外出逛街。

对我而言，所谓的街，是指镰仓的段葛周边，最远不超过岛森书店。我已经记不清有多久没踏足镰仓站西边一带了。与芭芭拉夫人一道前往花园的日常，犹如幻梦。在我眼中，如今的花园遥远得与涩谷、原宿没什么两样。

从镰仓搭乘电车外出的次数，真是一只手都数得过来。而且，每一次都与孩子们的活动相关,并非基于自己的意愿去喜欢的地方。

我将八幡宫留在身后,匆匆走过段葛,过往的记忆渐次苏醒。

与蜜朗一左一右牵着刚读小学一年级的 QP 妹妹,三人一起在段葛散步的时光,已经是多久之前了?

那时候,QP 妹妹还很小,在我看来,当时的她犹如一块豆大福。

开朗、可爱,靠近她时能闻到一股隐约的甜香。她浑身上下有些僵硬,抱起来又十分柔软。

那天,我与蜜朗正式登记,结为夫妻。就辈分来说,我成了 QP 妹妹的母亲,从那天开始,我们便作为家人,向前迈出了一步。在我的人生中,成为 QP 妹妹的母亲这件事,远比成为蜜朗的妻子更加富有戏剧性。

说到结婚纪念日,原本我们有个悠闲的构想,即每年都去登记那天用过餐的 zebrA 庆祝一番,谁知真正实践的只有婚后第二年,那是我们为庆祝结婚一周年而去的。下面两个孩子出生后,别说 zebrA 了,全家人连外出就餐的机会都很少,这种情况一直持续到现在。因此,能与 QP 妹妹、蜜朗一起,安安静静地庆祝我们成为一家人，是我无比珍贵的回忆。

然而就连这件事，这几年我也很少想起，因为实在太忙了。

我将山茶文具店代笔屋即将再度营业的书信投进了雪之下邮局的邮筒。

如此一来，信封上便会盖有八幡宫与流镝马神事图案的风景邮戳。尽管同样位于若宫大路沿线，位置比雪之下邮局稍稍靠前的镰仓邮局，使用的风景邮戳是大海与镰仓大佛，但是对我而言，镰仓的象征毫无疑问就是八幡宫。

我看了看表，还有些时间。虽然很想踏上许久不曾走过的八幡宫阶梯，认认真真地在主殿前参拜，可是没办法，我的肚子已经饿得要命。

就这样离开了八幡宫，穿过第二鸟居，我再度轻轻转身，朝八幡宫拜了拜。过了马路，经过岛森书店，我往大海的方向走去。路过俗称"安产大神"的大巧寺时，我迅速瞟了一眼它的庭院，今天的目的地，是镰仓市农协联合会零售站，即联售。

之所以去那里，表面上的理由是给孩子们买 Paradise Alley 的红豆面包，即大家口中的微笑面包，实际上是我嘴馋，无比想吃太卷寿司。

花屋的太卷寿司。

我从许多人嘴里听说过它。不久之前，联售的 Paradise Alley 对面，新开了一家名叫"花屋"的和果子小店。大家都说店里的和果子很美味，而最为人称道的，是它的太卷寿司。虽然我从不少宝妈和山茶文具店的常客那儿听过它的美名，却没什么机会亲自造访。

今天终于一偿夙愿，走进店中。这家店面积不大，却很温暖，看店的女性（或许她就是花小姐）容颜清秀，给人一种从这个人的手中诞生的料理一定非常美味的确信之感。

平日里，蜜朗会定期到联售进购蔬菜，如果不赶早，这里的菜很快就卖光了。花小姐通常在十一点后开店营业，而蜜朗很少在这个时间点前往联售。因此，蜜朗至今应该也没尝过花小姐店里的东西。

我首先挑了几份自己吃的太卷寿司，然后为蜜朗与孩子们买了糯米团子。

大约是店面紧凑的关系，结账找零的时候，我觉得自己就像听候大人差遣的小孩。明明买的只是微不足道的食物，我却莫名地有些雀跃，忍不住眉开眼笑起来。

离开联售，我不经意地瞥了一眼人行横道的前方，那里似乎

011

新开了一家甜品店。之前多多少少有些察觉，此刻亲眼所见，心里一片平静。以前那里是一家纽扣店，记得店名叫作富士纽扣。

镰仓的变迁出乎意料地激烈。不知不觉间，新的店铺犹如雨后春笋般出现，让我始终能够保持浦岛太郎般的心情。

新店铺层出不穷，的确是一件让人开心的事。不过，相熟老店的消失也令人备感失落。在我们无所用心的日子里，那些熟悉怀念的风景渐渐从眼前消失。

回到段葛，这次开始朝八幡宫走去。平时走在这条路上，我都牵着孩子们的手，如此刻一般两手空空的情况，还挺新鲜。不知为何，有种享受远足似的开阔情绪。

话说回来，果然很高啊。

我切实地感到，维修前与维修后，从段葛上望去的风景截然不同。

那些老去的樱花树，有的被移植，有的被砍伐，替代它们的是一批幼树，听说数量比以前有所减少。这里变化最大的是地面的泥土不见了，取而代之的是混凝土路面。倘若上代听闻此事，不知会有多难过，我暗自担忧地想。

不过，这却是我杞人忧天。因为恰在此时，我看见一位看护者模样的男性，正慢慢推着轮椅上的男性从对面走来。自从段葛变成无障碍空间后，从前有心无力的人都能在这里散步、赏花，再也不用担心川流不息的汽车和自行车。

在若宫大路的人行道上散步，与走在中央由泥土垒成的段葛上，视野是完全不同的。最重要的是，漫步在段葛上，内心会有一种被珍视、被守护的独特情绪，这让我很是高兴。

此外，段葛的正前方便是八幡宫。维修后的段葛，能让更多人体验这一点。

段葛是源赖朝为了给爱妻政子安产祈福而建造的，即便已经过去八百多年，如今的它依然在为当地居民造福，真了不起。

维修期间，我曾怀着不太赞成的心态，如今施工完成，亲自在焕然一新的段葛上散散步，我也坦诚地改变了想法，现在这样不也挺好吗？我想，如果源赖大人生活在如今的时代，说不定也会下令开展类似的维修工程。

好了，闲话不多说，植物的生命力实在令人惊叹。

当初这批幼小的樱花树刚被移植过来时，我还担心它们纤细得开不出花。然而，曾经无比柔弱的樱花树，在短短几年里便茁壮成长，绚烂地绽放了花瓣。

今年，由于左右两边的樱花树都伸长了枝丫，慢慢地形成了一条天真烂漫的樱花隧道。

哇，真美。

我不由得在段葛上停下脚步，抬起头，仰望粉色的天空。

数不清的樱花正轻盈、舒缓地为空气涂抹上色彩。每当有风吹过，它们如同在空中翩翩起舞，沐浴着阳光，闪烁着金色的光辉。

眼下还有最后一点时间，我找了一张长椅，坐下享用太卷寿司。

这是多么幸福的感觉。

樱花花瓣温柔地飘落，吃着用心制作的太卷寿司，我的内心充盈着幸福感，甚至觉得就这样死去也了无遗憾。

小心翼翼地将切好和准备好的食材，按照黄瓜、红生姜、干葫芦、干香菇、薄蛋烧的顺序，码得整整齐齐，排成"の"字形。寿司饭的米饭硬度刚刚好，海苔的香气更是无与伦比。

自从组建了家庭，我们的一日三餐基本由我或是蜜朗亲手烹饪。饭菜的滋味当然可口，不过，偶尔我也想要换换口味。

也许这种想法是奢侈的，某些瞬间，我十分眷恋由家人以外的第三方所烹制的滋味丰富、口感柔和的食物。

掌心剩余的太卷寿司，每一颗米粒上都填满爱心或是别的深不可测、类似慈爱之类的东西。它们安静地碰触我情感的内核，犹如温度适中的洗澡水浸过肩膀，内心被幸福感塞得满满的，我忍不住湿了眼眶。

没想到，一份太卷寿司居然让我吃得流下眼泪，真是出乎意料。

我拿出手帕，擦掉眼泪。手帕是QP妹妹的旧物，上面有蜜朗亲手绣的她名字的首字母。

然而，最后的时限就要到了。朝气蓬勃的一年级二人组即将放学回家。刚才我还想着就这样死去也了无遗憾，事实上根本不行。

我强忍住想要乘着这份感动的涟漪随波摇曳的心情，重振精神，像武士一样站起身。

或许，下一次来到段葛，已是叶樱满枝的时节。

赏完樱花，我站在八幡宫脚下简单地拜了拜，便迈着竞走的步伐回家了。

"打扰了。波波在吗？"

数日后，一声久违的"波波"响起，我抬头一瞧，青梅竹马的脸出现在山茶文具店入口。

"小舞。"我开心道。

"好久不见,你还好吗?这个,我想和你一起吃,就带来了。"

小舞递给我一只茶色的袋子。

"这是什么?"

"前阵子我去北镰仓办事,发现车站前新开了一家卖可露丽的点心店,可爱极了。我很好奇,忍不住走进去买了一些,回来后正巧收到波波的来信,然后便想,啊,好想和波波一起吃可露丽。因为实在抑制不住这个想法,所以直接搭巴士过来了。原本我想着,如果你没开店,我就把东西放在玄关回家去,没想到今天开了呀。"

小舞仍是老样子,说话时露出小学生般的微笑。

"谢谢。"

像这样,朋友不经预约地前来造访,令我发自内心地感到喜悦。

"我马上去泡茶。"

说完,我起身去里间烧水。

我正琢磨可露丽适合搭配哪种茶,忽然瞥见 Mariage Frères(法国茶叶品牌)的黑色茶筒,里面装着芭芭拉夫人从巴黎寄来的马可·波罗红茶。

"和以前一样,来到这儿心情就变得平静了。"小舞用温柔的嗓音轻声细语道。

我循声看去,小舞正背对着我,透过入口的推拉门,凝视对面的风景。

她的视线尽头是一只松鼠。它翘起硕大的尾巴,专心致志地啃着山茶的花蕾。这并非什么难得一见的景致。即便迎来春天,作为山茶文具店的象征,这棵野生山茶树依旧残留着稀稀疏疏艳红的花瓣。

我在不锈钢茶壶中放入足够的红茶,连同托盘一起端进店里。当茶叶在热水中舒展身体时,我从茶色袋子里取出了可露丽。

比我想象中的可露丽小很多。虽然小,顶端却点缀着花瓣,看上去像一盆盆栽。花瓣色泽鲜艳,宛如宝石,就这么吃掉未免可惜。

"据说这是用食用花——edible flower 做成的可露丽。不是用小麦粉,而是米粉烤制的。"

如此一来,小梅也能放心享用了,刹那间我脑海里闪过这个念头。因为次女小梅对小麦过敏,所以我对原料中含有小麦的糕点格外注意。哪怕如今她不再像从前那样出现强烈的过敏反应,我们对她的吃食也万分小心。

我将可露丽放在芭芭拉夫人送的白色椭圆盘子里，看起来就像小学的花坛般热闹。

"真可爱呢。"

"嗯，光是看着就有少女般惹人怜爱的感觉。"

我俩争相夸赞着可露丽。

红茶差不多泡好了。我将马可·波罗红茶注入杯中，浓郁清澄的茜色液体，与芭芭拉夫人的热情洋溢如出一辙。

"好香。"小舞眯着眼睛道。

"这是芭芭拉夫人送的呢。"我细细地嗅着马可·波罗红茶的清香，对她道。似乎只要充分吸入这股香气，我就能见到芭芭拉夫人。

"虽然只在这里和波波一起见过芭芭拉夫人一次，但我觉得她魅力非凡，是个很棒的人。她现在在法国南部过得不错吧？"

"嗯，偶尔她会寄明信片和小包裹回来。"

"这样啊，也对。感谢她寄来如此珍贵的红茶。不过，真不愧是波波的好朋友，该怎么形容她呢，充满能量、精力充沛，或者意志坚定？"

芭芭拉夫人认为，如果拥有可以回去的地方，人就会想为自己创造逃避的机会，这是不好的。因此她彻底舍弃了这里的家，搬去法国南部与男友一起生活。用她的话来说，这是人生最后一次恋爱。

然后，那个曾经属于芭芭拉夫人的空掉的家里，现在大概住着一位单身中年女性，以及她的几只猫。守景家的问题与课题堆积如山，其中一道题目便是如何与这位难以取悦的中年女性和睦相处。

"别客气别客气，这次由波波先挑选喜欢的可露丽。"

正当我被现实问题困扰得情绪萎靡的时候，小舞在绝妙的时间点为我提振精神。

尽管一口就能吃掉，我却刻意掰成两块，毕恭毕敬地含在口中。外层口感酥脆，犹如陶器的质感，中间饱含水分，软软的，好似苔藓。

小舞左看看右瞧瞧，目不转睛地欣赏着手中的可露丽。待尽情地看过一遍，她才心满意足地开始享用。

我俩其乐融融地吃着可露丽，无数次看向对方，重重地点头。哪怕没有言语确认，此刻我们也分享着这份感动，沉溺在幸福的旋涡中。

"有件事我想告诉你。"

大致汇报过近况后,小舞正式切入主题。其实刚才乍一看到小舞,我就预料到此刻的情景,她是来委托代笔的。

可露丽缓缓地沉到胃底。或许,眼下的小舞遇到了棘手的问题。

小舞像要宣布什么似的,目光变得强硬起来。

"前阵子我吃了南瓜布丁。"

"嗯。"

我沉默地倾听小舞的讲述。

"是我婆婆做的,由公公亲自送来。"

"嗯。"

"布丁里混有头发丝。而且,情况和上次一模一样。那一次,头发丝是混在炸肉饼里的。"

小舞深深地叹了口气,我也同她一样叹了口气。短暂的沉默过后,小舞继续讲着。

"结心妈妈的料理,真的格外美味,可以说达到了专业厨师的水准。她不仅擅长日式料理,还会做中华料理、意大利料理,有时甚至也做摩洛哥料理、西班牙料理。如果一下子做了很多,她会分送一些给邻居。如果只是混进一次头发丝倒也没什么，我可以当作突发事故，视而不见。但是，同样的情况紧接着再度发生，哪有这么巧呢？我简直不知道怎么办才好……这种时候，果然还是应该实话实说吧。"

我想，这种率直的想法，非常符合小舞正义感强烈的个性。

"既然如此，不妨由你先生来转达？"

我感觉这是最自然稳妥的做法。毕竟，她的先生是对方的亲生儿子。

"嗯，我也考虑过这样做。不过我家那位，至今依然是个'妈妈控'，对他母亲的言行举止一概不予反驳，这种事情就别指望他了。"

"这样啊。那么，由小舞的儿子来告诉奶奶如何？"

"我儿子现在念全寄宿制学校，那时根本不在家。"

小舞沮丧地耷拉着肩膀，原本溜肩的她，看起来更加如此。

"波波，你能代我写封信，委婉地转达此事吗？"

我隐约觉得事情会朝这个方向发展，没想到重启代笔工作的第一弹，就是如此高难度的内容。

"呃……"

我一筹莫展地双手抱胸。

"这样下去，结心妈妈的料理会变得不受欢迎的，而她本人甚至毫无所觉。这也太可怜了吧，我可没法袖手旁观，毕竟是一家人。

"何况她也没有恶意，对吧？"

上代生前曾反复教导我，人在无意识中做出的坏事是最难善后的。

"小舞的婆婆，留着长发吗？"

虽然不知有没有直接关系，但我还是打算问清楚。

"是短发。可能正因为留着短发，她才粗心大意了吧。你想啊，要是长发，做饭的时候可以扎起来呀。"

"有道理。不过，若是我们小时候，发现外面买的便当里混有头发，根本不会当回事吧。"

"现在可是对异物混入非常敏感的时代呢。"

"没错。哪怕稍微混一点进去，也会被当作大新闻在社交平台上曝光。"

"所以，我很担心结心妈妈。"

小舞的表情让我明白，她之所以想向婆婆传达这件事，并非出于抗议心态，而是因为她真心爱着婆婆。

"主要是她本人完全没有察觉。"

小舞说着，心情和表情都比刚才轻快许多，毕竟，倾诉能够减轻人的精神负担。

我说："如果我走在路上，脸上却沾着鼻屎，一定希望有谁直接告诉我。家人当然可以直言不讳，说'你脸上沾了鼻屎哟'。不过，换作朋友的话，就有些微妙了。关系亲密的朋友自然敢于直说，新认识的朋友可能会有所顾忌。"

自从成为男孩子的母亲后，就连这类话题，我也能够心平气和地拿出来聊。我发自内心地感叹着，索性一口气说下去。

类似鼻屎、便便等词语，已经非常自然地混入我的日常用语中，不知不觉间，变成理所当然的存在。

"嗯，是这个道理。如果是自己的母亲，我肯定会毫不犹豫地当场告诉她，饭菜里混入了头发。可如今换成婆婆，一旦说了，关系就变得很微妙。"

我懂我懂，我无比赞同地用力点头。

试想，如果是蜜朗的母亲从高知寄来料理，里面却混入了头发，我能立刻告诉她吗？我可没这种自信。

"也就是说，波波，你会接受这份委托吧？"

小舞目光坚定地看着我，视线犹如钉入墙壁的图钉。虽然有些含糊其词，我还是"嗯"地应了一声。

"我不能保证写得很得体……"说着，我模模糊糊地想起上次帮小舞写的那封信，"我尽力而为吧。"

事已至此，无法再逃避，我下定决心地想着。久违的代笔委托竟然和花样滑冰三周半跳一样难，倒不如堂堂正正地接受它。

"太好啦，不枉我买了好吃的可露丽过来。"

小舞撒娇似的冲我吐了吐舌头。我心想，恐怕一开始你就是如此计划的吧。

"互相帮助嘛。"我体谅道。

毕竟，如果我的脸上沾了鼻屎，小舞一定是少数几个愿意毫不犹豫地告诉我的朋友之一。我实在不忍拒绝这位无可替代的友人的请求。

"改天见。"

明明不是永别，知书达理的小舞却几度停下脚步，朝我挥手道别。因此，我也在小舞经过第一个拐角之前，一直目送她的背影离开。

小舞回去后，朝气蓬勃的一年级二人组便灵活如脱兔般到家了。

由于肩负着养育三个孩子的重任，我的代笔魂长期处于休眠状态。经由小舞的委托，暌违数年，它总算清脆地觉醒。是小舞为我的日常生活吹入了一股新风。

这次的代笔委托，从内容而言难度并不低，可它能够让我作为独立的个体，再次与社会产生联系。在这段关系中，我既不是蜜朗的妻子，也不是三个孩子的母亲，这让我感到无比欢喜。我很开心能够重启代笔业务，以至于想在没人看见的地方，悄悄地振臂高呼。

不过，既然我以主妇的身份，支撑着包含我在内的五人大家庭，就是有任务在身的人，要创造独属于自己的时间，需要花些功夫。其中，家人的协助必不可少，倘若还是不够，我便只能削减自己的睡眠时间了。

假如只有QP妹妹一个孩子，我总能想办法兼顾山茶文具店和育儿任务。

谁知怀上小梅后，我的孕吐反应十分剧烈，让我几乎后悔怀孕。因为恐惧先兆流产，所以平日里我只做最低限度的动作，接受代笔委托更是不可能的。

由于一直无法好好照看店铺，我不得不临时雇了一名店员来帮忙，总算解了燃眉之急。为我介绍临时店员的人是纽罗。他是东京某大学艺术专业的留学生，母亲静子女士住在意大利，曾与上代有书信往来。

在漫长得似乎永远不会结束的残酷妊娠期的末梢，我奄奄一息地产下了小梅。那时我依然认为，有临时店员帮我看店，大约一年，我就能在育儿的同时，恢复从前的生活模式。

然而，不久之后我便怀上二胎。明明怀中躺着嗷嗷待哺的婴儿，腹内却寄宿着另一个崭新的生命。无论是作为当事人的我，还是蜜朗，都着实吓了一跳。当然，对这个小生命的到来，我们还是心中有数的。

婚后一段时间，我始终没能怀孕，以至于一度怀疑自己是先天不易受孕的体质。谁知后来竟然接二连三地怀上，并且不是双胞胎，还能在同一学年上学。最忙的那段时间，我甚至将两个孩子一左一右抱在怀里，同时喂奶。

在别人眼里，我们夫妻看起来一定琴瑟和鸣，有人不惜拐弯抹角地冲我们开低俗玩笑。其实，蜜朗与我都是对那方面十分淡泊的人，分娩后不久再次怀孕，也是后来才察觉的。

真正不可思议的是，明明拥有同一对亲生父母，小梅和莲太朗却哪里都不像，容貌也好，性格也罢，找不到一点相似之处。说起来，他们的出生方式也迥然不同。

怀着莲太朗的时候，我的孕吐反应没有怀小梅那会儿剧烈，但情绪起伏特别夸张，让我自己和周围的人都有些措手不及。

现在回想起来，当时的我犹如猛兽，会突然悲伤地号啕大哭，或是笑得停不下来，有时忽然很想猛灌啤酒，脾气暴躁，似乎身心都被腹中的胎儿彻底攻占。

分娩也和生小梅时很不一样，可以说，莲太朗是顺产中的顺产。我只经历过几次阵痛，就安然无恙地生下了他，简单得犹如放屁一般，不过这事我没有告诉蜜朗。

我想，假如莲太朗能够一直遵循这种节奏，成长为一个省事的小孩，该有多幸运啊。可惜现实与想法往往不容易达成一致。

莲太朗不仅夜哭十分厉害，而且夜尿不停。最夸张的是，他无论如何都不愿意离开我的怀抱，大概是史上罕见的乳房迷恋者。迄今为止，我们绞尽脑汁地让他断奶，却始终不见成效。

尽管已开始念小学，他仍然没有完全断奶，有时会碰一碰或亲一亲我的乳房，似乎对它十分执着。我们期待他成为小学生后，会自然而然将兴趣转移到别的事物上，可惜怎么也瞧不出这样的苗头。

从这点来看，小梅完全是另一种情况。虽然到出生为止，她都很折腾，却从未生过大病，成长过程意外地顺利。某段时间，因为严重的食物过敏，我和小梅皆陷入恐慌状态，好在如今总算渡过了难关。尽管她的性格过分冷静，我们对此却很乐观，或许小孩子都这样吧。

如今，守景家的一号问题儿童，非 QP 妹妹莫属。现在的她，恰好处于人生最叛逆的阶段。

言归正传，为了创造独属于自己的时间，我过上了早起的生活。如果与家人同时起床，我就没有时间与自己相处。俗话说，早起的鸟儿有虫吃。鸟儿什么的先不提，对我来说，早起能够带来无限恩惠。早起与否，人的生活甚至人生，都会有质的不同。

记得在蜜朗与 QP 妹妹搬来家里之前，我会在清晨六点左右起床，独自悠闲地喝茶，展开新一天的生活。我喝的是京番茶，家里的卫生通常在上午完成，然后洗衣服、倒垃圾、给文冢换水。这些都是山茶文具店开门营业前，我的清晨日课。

那时候，我只要照顾好自己，一切就没问题。然而，蜜朗与QP妹妹来到了这个家，与我一起生活，接下来小梅和莲太朗也相继加入，待我察觉时，我们已经组成了一个气派的大家庭。

冰箱容量渐渐不够用，于是又买了一台。洗衣机基本需要一天工作两次，有时甚至要分三次才能洗完衣服。家庭成员越多，家里的脏污越明显，于是打扫卫生也不能只靠扫帚和抹布了。

小梅刚出生那会儿，我们在蜜朗父母家庆祝的时候，被问及想要什么贺礼，我的第一反应便是无线吸尘器。相比婴儿床或是女儿节的古装玩偶摆件，我家迫切需要的，是一台吸力足够优秀的吸尘器。

如果只用扫帚和抹布，打扫卫生时并不会发出声音，一旦使用吸尘器，就会产生一定的噪声。因此，现在我会等家人起床，将全员送出家门后，利用山茶文具店开门营业前的零散时间，一边关注对声音极其敏感的邻居的动静，一边一鼓作气用吸尘器除完家里的灰尘。

扣除家务劳动的时间，我若要制造将近一小时的私人时间，无论如何得在清晨五点前起床。我们的宝妈圈子里，有的妈妈习惯等家人就寝后，独自享受夜晚时光，但在我家，因为蜜朗是夜猫子，所以我在夜里无法做到真正独处。

我想，蜜朗一定也很希望拥有私人时间。既然如此，我就把清晨当作独属于自己的时段吧。现在的我，起得比清晨报时的鸟儿还早。

小舞前来造访的第二天，我泡了数年不曾喝过的京番茶。

京番茶麻烦的地方在于，泡过之后的茶叶不好处理，为此我停喝了一段时间。记得家里应该还有，于是我打开冰箱，从最深处翻出一袋以前喝过的京番茶，虽然早已过了保质期，但这种小事就不必在意了。

许久没喝的京番茶果然沁人心脾。因为身体依旧记得它的味道，所以它毫不困难地融入了我的体内。

京番茶独特的香气真是不可思议。只要闻一闻，我就会无条件地想起上代，犹如阿拉丁的魔法神灯。仔细想想，极具个性的上代与极具个性的京番茶的滋味，似乎有某种共通之处。

我用白色马克杯斟了满满一杯京番茶，茶烟氤氲，浸入肺的深处。

虽然背负育儿重任的我，有许多事情无法再做，但也因此养成一些新的习惯。比如读书。经历了家务与育儿的穷追猛打后，我开始积极地阅读。

孩子们的存在犹如秤砣，将我牢牢绑缚在这个家里。我不能轻易离家旅行，而将我带去外面的世界最便捷的载体，是书籍。

尤其是故事类，它们为我装上魔法子弹，邀我踏上无限的逃避现实之旅。

因此，刚才某个瞬间，我也下意识地想要向书伸出手，却又急忙制止了这个动作。

原因在于，今天的主题是头发。小舞拜托我为她婆婆写一封信，告诉她婆婆，婆婆亲手烹饪的料理里掉进了头发丝。

我必须在不伤害对方感情的前提下，如实传达这一事实。

换作上代，会以怎样的形式告诉对方呢？

上代去世后，随着时间的流逝，她的影子或者说面容，在我的记忆中越发鲜明。

当初，我以为它们会随时间慢慢褪色，最终飘散在空气里，消失不见。事实上，正好相反。

上代的存在，一点点加重色彩，轮廓鲜明得一眼便能认出。

正因如此，无论何时她都会陪在我身边，热切地倾听我的心声，令我十分安心。有时，我仿佛真的看得见这样的上代。任何时候，上代都守护着我。

然而，只要事关代笔工作，上代就变得非常冷淡，不会轻易给出建议或提示。在这方面，她的严厉一如既往，无论生前还是死后，都毫无改变。她一点都不打算娇惯我。

"鸠子，你就用心思考吧。"

这是一直以来上代的回答。

"曾经的我，每一次都绞尽脑汁，好不容易才提笔书写呢。"

这也是我耳边经常响起的台词。

确实如此。上代的辛劳与努力，我是在从事代笔委托后才注意到的。上代绝不是天才，即便看起来是，也必然源自她的逞强，或者说修饰。

事实上，她付出过无数努力，品尝过遍地打滚似的痛苦，临死前依旧保持精进之心。

上代曾在最后一刻，将人生最后一本笔记本放进病床旁的抽屉里。直到最近，我才终于有心情翻开它。本子里是上代用各种字体誊抄的一首又一首《伊吕波歌》。

紫阳花

いろはにほへと　ちりぬるを

わかよたれそ　つねならむ

うゐのおくやま　けふこえて

あさきゆめみし　ゑひとせす

（译文：

花色绮，终得谢，

世间事，谁常在？

凡尘深山今日越，

不留浅梦驻此心。）

这四十七个文字，几乎包含了日语五十音图的所有假名。小时候，我借助它们进行文字练习，无数次在习字纸上写这首《伊吕波歌》，由上代批改。

时至今日，我依旧清晰地记得此事。

"い"代表两个好朋友面对面愉快地聊天，"ろ"是浮于湖面的天鹅，"は"犹如空中杂技表演。

我将每个假名文字与自己脑海中的意象或故事串联起来，再以笔描绘，用身体记住。

练习的时候，我总是忐忑不安，生怕被上代责罚。偶尔，上代会神情满意地夸奖我："这回写得很不错。"然后用朱笔画一个圈，我便高兴得不得了。

直到现在，我依然可以将那份喜悦，标本一般原封不动地从心底取出。

这样看来，夸奖是非常重要的。

滚烫的京番茶已经变得温热，我小口地喝着茶，反省自己近来的所作所为。

无论面对孩子们，还是蜜朗，我总是使用否定的表达方式。我明明那么不喜欢态度严苛、永远横眉竖眼的上代，回过神才发现，自己也正在变成恶鬼的面相。

不行，不行。

怒火解决不了任何问题。

真的有人会因为发怒而变得心情舒畅吗？

头发问题也是一个道理。放任情绪不管、一味指责对方是无济于事的。因此，首先应该做的是夸奖。然后，指出对方做错的地方，用最温和的语言冷静地纠正。

"还是很简单吧？"

我再次听见上代的声音。

"真是这样就好啦。"

我回答道。

上代生前,我几乎从未与她像此刻一般闲聊。基本每次都由我用敬语先对上代说话,这似乎是理所当然的。与其说我们是外祖母与孙女,不如说我们的关系更像师父与弟子,我从来不敢不用敬语。

然而现在,我竟然能够不使用敬语地跟上代搭话了。上代对我也是如此。

上代以身作则地让我明白,不管我们之中谁先离开,关系都永存,而且会比生前更加亲密。孝顺长辈这件事,即便在长辈去世后,也是可能的。

午后,我很快给小舞打去电话,了解她婆婆的拿手料理。

结束这通电话前,小舞喃喃自语道:"结心妈妈自尊心很强。所谓自尊心强,是夸奖她的意思。在我看来,她是最专业的家庭主妇,简直无懈可击,能够完美胜任所有家务。所以,我担心的只有一点,那就是她看完信会丧失所有的自信,万一一蹶不振到再也不能做饭,岂不是本末倒置吗?不管怎么说,我不愿意害她伤心难过。其实有好几次,我都想要不要自己去说或者写些什么,但又觉得我还是能力有限吧。因此,收到波波重开代笔委托的通知后,我便想,啊,这可能是注定的结果,不如请波波帮我写一封信吧。"

小舞话里的意思,是希望那封信绝对不要惹她婆婆伤心。这点我十分理解,小舞想用符合自己性格的委婉语言,糖衣似的将她的本意包裹起来。

"我明白。"我诚恳地说,同时双手接过小舞对她婆婆的一片温柔情意。

小舞自己不写信,也许不是逃避,而是她独有的表达爱意,抑或解决纠纷的方式。

"那么,我去买一件很棒的礼物吧。"小舞兴高采烈地说。

如果彼此住得很远,用邮寄的方式送出这封信倒是说得过去。然而,小舞先生的老家就在镰仓山,他们与公婆也会定期碰面,寄信会显得不太自然。

于是我提议,不如准备一份礼物,把它和信一起若无其事地交给对方,应该能够减轻对方受到的精神打击。然后,小舞想出的点子是，送给她婆婆一条手巾。

我们打算在信里对她婆婆提议，做饭时不妨将手巾绑在头上。

几天后，完成代笔的时刻终于到来。

以前，小舞曾拜托我替她写一封绝交信给茶道老师。那时候，因为对方是处于上位者的老师，所以我研了墨，专门用毛笔正式书写。这次却不同，对方是小舞的亲人，如果可以，我希望能用这封信加深她们之间的情意。

最近，我偏爱的笔具是万年签字笔，尽管大多在写芳名册时才会用到。它兼具签字笔和万年毛笔的优点，能够轻松地让我写出质感如毛笔字的文字。

这种笔具如果被上代知道，她一定会从鼻子里发出嘲笑。但它真的格外称手，我经常用它填写自己或家人的姓名。不知为何，用万年签字笔写字，我会觉得自己的字变好看了。

因为想要全面表现小舞的清澈感，所以我决定选用装饰较少的简洁信纸。不过，单纯印着方格的信纸看起来比较乏味，我将几种不同花色的纸并排摆在桌上，仔细揣摩一番，选择了LIFE（日本文具品牌）的奶油书写纸。

这种纸适用于任何笔具，设计上不会给对方造成压迫感。信的内容既不能过于慵懒，又不能过分拘谨，LIFE 的信纸恰好能同时满足两方面的需求。

每当使用这家的产品时，我就感觉日本文具还是值得期待的。更加难得的是，它的定价非常实惠。

每次代笔时，我都会在脑海中进行模拟训练，道具是卡通人偶服。比如这回，我会想象有一件小舞形象的卡通人偶服，然后轻手轻脚地钻进去，慢慢穿好，安静地与它融为一体。

就这样，我的身体渐渐适应小舞的体温，配合她的呼吸节奏，抓住手指和眼睛的感觉。

这道工序有时瞬间便能完成，有时很难把控，要花不少时间。而这次替小舞代笔，整个模拟过程相当顺利。

原因在于，上回写绝交信时，我已彻底模仿过小舞，同那次相比，这次自然没有难度。

小舞平时习惯称呼她婆婆为"结心妈妈"，因此，这封信的收件人姓名需要保持一致。

给最爱的结心妈妈：

  最近天气忽然炎热起来，再过不久，将迎来初夏的天空。

  我有预感，那份很久之前向结心妈妈讨教来的咖啡啫喱配方，会在今年大显身手。

  俊雄说，他格外喜欢这道咖啡啫喱，尤其是它紧实柔软的口感。

  关于这一点，我完全赞同。在Q弹的啫喱里加入蜂蜜和牛奶，然后用勺子轻轻舀来吃，别提多幸福了！哪怕只是想象一下，我都感觉凉爽宜人。

  虽然我们家平时很少喝牛奶，但是一定会在夏天常备，而咖啡啫喱更是冰箱里的首发成员（笑）。

  很抱歉一直聊食物的话题。前几天我们回家时，品尝了今年的第一份中华冷面，那个滋味至今让我难以忘怀。闷热日子里的中华冷面真是无与伦比！吃完后，身体一下子变得凉爽无比。

  我从来没想过，原来在家里也能够自制中华冷面的酱汁。

  因为结心妈妈曾说，只要使用柚醋，酱汁的制作就会变得更加简单，所以那之后我也试着做了一次，可惜怎么也无法实现那种层次丰富的口感。

明明用的是相同的原料，具体的分量，或者说平衡度却很难把控。我按照结心妈妈教的，反复试味，调料越加越多，距离理想的味道也越来越远，最后完全迷失了方向。

请您一定再教我一遍！或者说，请您一定再让我品尝一次（这才是我的真实想法）。

因为，有生以来，我还是第一次吃到那么美味的中华冷面。

话说，今日特地写下这封信，其实是有事想跟结心妈妈汇报。

这件事到底应不应该跟结心妈妈明说，我烦恼了很长时间。

说不定，始终对您保密，才是对我们彼此都好的做法。因此，即便是在写这封信的当下，我依然有所犹豫。

然而，我如果站在结心妈妈的立场，那么一定会选择向对方坦白。要是接下来的话让您感到不舒服，真的非常抱歉，恳请您原谅。

事实上，之前结心妈妈为我们做的南瓜布丁里混入了头发丝。再之前，我们在家品尝的炸肉饼里，同样混有头发丝。

以前，我也曾在不经意间，让头发丝掉进了给儿子做的便当里。儿子告诉我后，我大吃一惊。

自那以后，每次进厨房做饭，我都会用手巾将头发扎起来。不过，这样做的坏处是，头发会被压得扁扁的……

　　如果可以的话，结心妈妈不妨也用手巾把头发扎起来？

　　几日前，我在小町的一家杂货店里看见一款很漂亮的手巾，如果您不嫌弃，就试试看吧。上面绘有月相盈亏的图案，与我的是一对呢。

　　在学校过着寄宿生活的儿子，每次打电话回家，都表示非常想念结心妈妈的料理。（顺便告诉您，他一次都没有说过想念我做的料理！）

　　迄今为止，结心妈妈为我们精心烹制的美味料理数不胜数，如果非要选一道——当然这是一个无比艰难的选择——我会选关东煮，俊雄是炖牛肉，儿子似乎最喜欢肉蛋卷。

　　感谢您长久以来为饥肠辘辘的我们烹饪充满爱心的料理，真的真的非常感谢。

　　接下来，天气将越发炎热，请一定保重身体，预防夏日倦怠症。

　　对结心妈妈下一次的料理，我们翘首以盼，万分期待。

小舞敬上

写信的时候，由于肾上腺素分泌旺盛，我丝毫没有察觉，写完后，那种疲劳感便一拥而上。也许是太久没有接代笔委托，心情紧张的缘故。过了好一会儿，我仍旧没法站起来，身体格外沉重，似乎被这几年积攒的疲倦一口气侵占。

我把写好的信放在一旁，低下头，身体伏在桌面上。我闭上眼睛，调整呼吸，刹那间，感受到一股强烈的睡意。

也许是因为太久没有写信，要找回往日的感觉，需要消耗超乎想象的巨大能量。这个道理好比做运动或练习乐器，常言道，三天不练手生。此刻，我切实体会到这一点。

休息了一会儿，我在信封正面写上"给结心妈妈"，背面写上"小舞敬上"，然后把对折后的信纸装进去，再把信封放在佛坛的一角。

不知不觉间，我已汗流浃背。我起身从冰箱里取出一瓶冰镇碳酸饮料。瓶盖是开过的，饮料还剩一小半。我拧开瓶盖，仰起头，咕咚咕咚一口气直接喝光。

就在这时，耳边传来一声"我回来了"，是蜜朗回家了。

今天恰逢他咖啡店的定休日，蜜朗一早便去了海边。

在镰仓，山族与海族可谓泾渭分明。我们所在的二阶堂，完全属于山族的土地。

而山族与海族的人，也具有明显的差异。山族的人大部分是知识分子，以学者为最；海族的人多数喜好冲浪，热爱以南方之星（日本知名乐团）为代表的海洋文化。

蜜朗却轻易超越两者之间的界限，完成了从山族向海族的华丽蜕变。契机是某一天，他店里的一位熟客邀他一起去冲浪。从那以后，他渐渐迷上了冲浪。

最初，他只能趴在浮板上，让海浪带着他漂来漂去。后来，他开始模仿周围冲浪者的动作，慢慢地能够站在浮板上。用他本人的话形容，是已经可以潇洒地乘风破浪。

蜜朗找到自己的兴趣爱好后，连表情也变得生动又闪亮，对此我乐见其成，也很愿意在一旁注视着这样的他。蜜朗的皮肤比之前黝黑，整个人显得健康而爽利。他的身体得到锻炼，变得更加健壮。

不过，蜜朗仍首先是三个孩子的父亲。当然，平日里他会帮忙分担家务，同时努力经营他的咖啡店。但我始终无法否定的是，他看起来依旧不够脚踏实地，或者说活得轻飘飘的，并善于为自己找托词。

渐渐地，蜜朗的缺点在婚后生活中暴露无遗。一般情况下，我选择睁一只眼闭一只眼，但当琐碎的矛盾聚沙成塔时，我的不满也会爆发。

不知蜜朗究竟有没有察觉到我的这种心思，此刻，他表情舒畅地出现在我面前。

"今天怎么样？"

"嗯，还行吧。"

他知道我一向不太喜欢冲浪的话题，回答得很是克制。但我一看他的脸就明白，现在的他犹如一条新鲜的鱼，目光熠熠生辉。还真是如鱼得水啊。

"这是今天的购物清单。"

我将手写的字条递给他。

"收到——"

蜜朗回答道，语气懒洋洋的，一如刚才我喝下的碳酸饮料。

购物向来是蜜朗的任务。我家夫妻双方都得工作，因此家务各自承担一半，这是铁则。通过反复大量的试错，我们终于建立起现有的运行模式。

耳边传来蜜朗发动引擎驱车离开的声音。我轻轻抚了抚胸口，今天也没有为琐碎的小事爆发争吵。

家庭便是最小概念的社会。那些出生、成长经历完全不同的人，携手并肩地在同一屋檐下生活，理所当然地，有些人会因为生活习惯或价值观的不同而产生冲突。

这种情况下，只靠输出正确的观点是无法解决问题的。与之相比，更加恰当的做法是，慰劳对方的辛苦，做出适当妥协，哪怕撒谎般夸赞几句也好，走累了就停下来歇一歇，尽量打好基础，增进感情。这些小聪明，好听点的形容是细枝末节上的功夫，还是很有必要的。

如果是打速决战，只要用武斗一决胜负就可以。而经营家庭是一场持久战。面对旷日持久的战役，忍耐力是必备武器。

当初，由于我过于追求完美，结果让对方和自己都精疲力竭。至今我依然会为鸡毛蒜皮的小事和蜜朗吵架，后来我们互相学习，或许是认识到这种战斗毫无意义，便减少了争吵次数。再说，家里已经有三个孩子，根本没那个闲工夫让我们吵架，这也是实情。

"鸽子波波，在吗？"

就在我忙得团团转的时候，家里又来了一位棘手的客人。

还没看见他的脸，我就听出是男爵的声音。男爵奇迹般生还了，以至于有段时间，我们生气得想掀桌子，完全搞不懂那时的他在搞什么。

不，说到底，那根本就是喜欢瞎操心的男爵闹的乌龙罢了。那日，他神情憔悴地来到山茶文具店，说自己得了癌症，委托我替他给妻子胖蒂和儿子写一封信。现在想来，那时拒绝他真是太正确了。

因为就算我使出浑身解数写了信，最后也派不上用场。直到现在，男爵是否真的罹患癌症，仍旧是个未知数。

邻居家养了一只十分可怕的狗，一年到头狂吠不止，有的人就像它一样，越是胆小，越爱虚张声势，凸显自己的存在。我眼前的这位正是如此。根据我的观察，男爵的一系列言行都让人不得不这么认为。真实的他，就是一个胆小鬼。说可爱也算得上可爱，面目可憎起来，却是真的非常可憎。

"那么，今日前来有何贵干？"

我故意用漫不经心的语气问道。老实说，我十分在意胖蒂和他们儿子的近况，只是刻意对此避而不谈罢了。

"没事就不能来你店里露露脸吗？"

男爵神情郁闷地应战。他确实比以前瘦了点，与其说是生病造成的，不如说是上了年纪的结果。他的面色红润极了。

"你的白脸公呢？"

"刚出门买东西去了。"我不太高兴地回答。

男爵管我的丈夫蜜朗叫小白脸老公，简称白脸公。蜜朗明明有认真工作，绝对不是小白脸，不知为何在男爵眼里就是这样。有时，他甚至故意挖苦般地这么称呼他。

"男爵不也像个白脸公吗？"我冲男爵轻声反驳道。

听说男爵的妻子胖蒂辞掉小学老师的工作，把原本是兴趣的面包烘焙发展成副业，本人更是转型为YouTube（优兔）网站的人气博主。在我看来，胖蒂的美貌与身段，加上讨人喜欢的开朗性格，无疑非常适合做YouTube博主。因为曾在小学当老师，她十分擅长教学。如今，她已小有名气，书店里甚至陈列着她的烘焙书。

"我可是主动隐退的。"

男爵不高兴地噘起嘴。无论如何，他都不肯承认自己与蜜朗半斤八两。

"闲散度日是最舒服的呢。"

前年，两人用胖蒂赚的钱在叶山修建了一栋新居，不过，关于那之后的事态发展，必须小心谨慎地打听。

哼，男爵从鼻子里哼出一声，明显是因为话题没意思，心情郁闷起来。而男爵认为一个话题没意思的表现是，他会把左右手交叉揣在和服袖子里，抱起胳膊。

"我去泡茶了。"

大约停顿了一次呼吸的时间，我从座位上站起身。以前男爵来店里时，送了一罐京都特产的昆布茶，那罐茶如今还剩下一些，我打算用它招待男爵。我将职人用手精心切碎的昆布轻轻舀到茶壶里，记得从前男爵常常跟我说，如果昆布放得少，茶会不好喝，事实的确如此，于是这回我毫不吝惜地放了许多。

接着，我往茶壶里注入热水。

我将昆布茶的茶壶放在托盘里端回去时，发现男爵正聚精会神地玩手机。

"一直盯着手机，小心眼睛坏掉哟。"

果不其然，男爵对我的好心叮嘱充耳不闻。这种无视我早就习以为常，因为QP妹妹也是这样。

如此奢侈的昆布茶，自然不能咕嘟咕嘟地牛饮，而应该小口小口地细品。于是，我特意准备了喝日本酒用的猪口杯，这种杯子比平时的茶杯要小一些。

我拎着茶壶小心翼翼地往杯子里斟茶，确保一滴也不洒漏。多亏男爵今日前来，我才有机会与非日常的奢侈的昆布茶相伴。

"果然很好喝呢。"

说完这句，我才发现自己竟然比男爵先喝了茶。昆布茶的滋味慢慢地浸入五脏六腑。这几天，天气再度转凉。

"所以，到底怎么啦？"

眼看男爵一言不发，将嘴唇抿成一字形，我终于开始催促他。

"女人心，我真是一点都搞不明白。"

男爵兀自嘟囔了一句。

"你不是身经百战吗？"

"那家伙的女人心，我根本就理解不了。"

即便听见我打趣，男爵也不为所动，依然望着天花板重复道。

恐怕男爵从未想过，有一天，自己的妻子会成为 YouTube 的人气博主，在此基础上变得小有名气。

直到叶山新居建好的时候，一切依旧如常。后来，传言胖蒂交了一位比她年轻的男友。

当然，这都是周刊杂志上登载的八卦，真假不得而知。或许那个人只是她的普通异性友人。

可是，有人在清晨的叶山县立近代美术馆——叶山馆前的散步道上，拍到了胖蒂与一位长发男性的照片，两人肩靠着肩散步，关系似乎十分亲密。从照片上看，女子的背影怎么都像是胖蒂本人。

当然，我并非专门找了这类八卦新闻来看。听说男方离过一次婚，是曾经小有名气的摇滚乐队的贝斯手。

"那事是真是假，不是还没确定嘛。"

我观察着男爵的神情，判断他给出的信号是"这个话题可以聊，或者希望聊"，便道。我想趁闪闪发光的一年级二人组和蜜朗回家之前，结束这个话题。

"白脸公，tatsu 吗？"男爵神情严肃地问。

tatsu 是指？

站立、经过、建立、出发、断绝、辰、龙。

世上有各种各样发音为"tatsu"的单词，然而，男爵嘴里所说的 tatsu，应该是"勃起"吧。真没想到，有一天会与男爵聊这种黄段子，眼下我也只能豁出去回答他。我十分清楚，哪怕装糊涂，也无法糊弄过去。

"算了,他还年轻嘛,当然可以勃起啦。"

在我回答之前,男爵已自顾自作答了。

"因为是波波你,我才聊这种话题的。那家伙,最近激烈得很。每晚都要袭击我。"

袭击,这个形容蛮逗人的,我有些忍俊不禁。

"能被胖蒂袭击,难道不是幸福的烦恼吗?"我说。

想想看,袭击自己丈夫的胖蒂,未尝不是沉浸在幸福之中。

我还不曾袭击过蜜朗。尽管有好几次,我都想要"偷袭"他,却迟迟没有付诸实践。

"如果我能回应她,那才叫幸福吧。"

聊到这里,已经变成成年人的交流了。我深有感触地想,静静地点了点头。

"真不容易啊。"

我对男爵的烦恼爱莫能助,更找不到恰当的言辞安慰他。

之后,我又与男爵漫无目的地聊了一会儿,他便打算离开山茶文具店。临走时,他特意买了一支记号笔。这是男爵惯有的客气。

"感谢招待。"男爵说。

"那也是你亲自送来的。"

听闻此言,男爵一愣。搞不好他已经忘记送过我昆布茶的事了。

"那是你以前送我的京都特产。"我解释道。

"啊,原来如此。"男爵自言自语。

那次的京都之旅,似乎是他们夫妻难得的亲密出游,或许男爵是想起了这件事。

"最近,我有个小弟要搬到这附近,拜托你多多关照啦。"男爵忽然想起似的道。

说话时,他的语气和神情十分像一位男爵,让我稍微放下心来。

有段时间,因为娶了年轻的妻子,还与她生了小孩,男爵开心地穿起夏威夷衬衫扮年轻。不过我始终觉得,还是和服最适合他。

男爵离开后不久,蜜朗便回来了。汽车后备厢里,满满地装着我们家所需的食物与生活必需品。

当初,蜜朗说为了运载冲浪板而买车的时候,我相当生气,家里连足够的存款都没有,比起家人,他却想要优先满足自己冲浪的兴趣。因为这件事，我差点和他闹离婚。可当他把车买回来时，我才发现家里有车是相当便利的。由于是经济型小车，五人同时搭乘略显拥挤，不过也是没办法的事。

蜜朗动作灵活，像工商小贩似的，将卫生纸等物品一件件地从车上搬下来。

话说回来，春天为何总是转瞬即逝呢。

今年雨季里的怡人晴天屈指可数，接连好几日都阴雨绵绵，而且气温偏高，闷热得很。镰仓整年湿度极高，尤其这个时期，体感上极其不适。洗好的衣物完全晾不干，让人心情焦躁。这是当前我最大的烦恼来源。

说起烦恼来源，今天早晨，QP 妹妹又没吃早饭便上学去了。她今年念初三，正值难以相处的年纪，哪怕我能理解，面对她性格上的剧变，我还是不由得咋舌。

因为必须为两个小点的孩子准备便当，所以我特意做了她最喜欢的蛋卷丝。不久之前，她吃得非常开心。我还依照 QP 妹妹的偏好，没有在鸡蛋里放糖，而是加盐做成咸鲜口味。

怎么回事？若是我无意中伤害了 QP 妹妹，希望她直接告诉我。

可无论我怎么恳求，QP妹妹都充耳不闻，我们之间始终像两条平行线。她可以与蜜朗以及弟弟妹妹正常交流、玩耍、外出，唯独把不满的矛头彻底指向了我。

最近有的初中生根本不会有第二次叛逆期，像QP妹妹这样，说不定反而是正常现象呢。

有的宝妈满不在乎地对我解释。我不知道应不应该听信她们的见解。

说起来，别称"不要不要期"的QP妹妹的第一次叛逆期，我其实并不清楚。尽管读过QP妹妹生母美雪的日记，但里面没有记录与之相关的情况，说不定在QP妹妹进入叛逆期前，美雪就遭遇不测，离开了大家。

为了QP妹妹的事，我曾找蜜朗商量。"嗯，叛逆期嘛，让我想想当时是怎么个情况啊。"他模棱两可地答道，完全不理解我话里的意思。

现在QP妹妹的那种叛逆，既没有暴力行为，又没有言语上的攻击。有时她会不耐烦地咂舌，或者瞪我，或者长时间安安静静地对我视而不见。这些都给了我巨大的精神压力。

"想想当初自己是怎么做的吧？"

我将QP妹妹的叛逆期症状告诉可尔必思夫人，她这样回答。现在，我与可尔必思夫人已经完全成为茶友。每逢来到山茶文具店附近，她必定会挑一个绝妙的时间点突然出现。当然，她对小圆点图案的偏爱一如往昔。

仔细想来，我以代笔人的身份接受的第一份业务委托，就是替可尔必思夫人写吊唁信。那时，她收到一只名为权之助的猴子的讣告，为了安慰悲伤的饲主，托我替她写一封信。关于饲主的名字，我已经想不起来了。

"当年我可是对外祖母大发雷霆呢。"

想起当初的自己，我不由得羞愧万分。

"对吧？就是这么回事喽。"可尔必思夫人神情自得地说。

"那时我是高中生，有一天，叛逆期突然就来了。"

直到现在，我依然清楚地记得那种怒火如呕吐物般在体内从下至上喷涌而出的感觉。等我回过神，已对上代说了许多蛮不讲理的话。

"想必你外祖母当时一定很辛苦。"

"是的，精神上一定被逼到极限了。"

关于此事，上代在与静子女士往来的书信里毫不掩饰地写着。

"听我说，波波，你听过'时药'这个词吗？"可尔必思夫人问道。

"时药吗？"

"没错，所谓时药，指的是一种名为时间的良药。"

"这是我第一次听说。"我说。

"它的意思是，有的问题单纯依靠时间就能解决。你看，我活了几十年，经历过的事情也是不少呢，包括那些生离死别的大场面。"

"是这样吗？"我大吃一惊，目不转睛地注视着可尔必思夫人。

在我的印象里，可尔必思夫人看起来与辛劳完全无缘，应该总是轻声哼着歌，过着优雅的人生才对。

"不过啊，现在想来，一切经历都是自己人生的养分，包括那些令人讨厌的事。不管发生什么，先别急着抵抗，而是用自己的双手接住，然后轻轻地让它们随水漂走，如此周而复始，静静地等待时间过去就好。我还发现，在这个过程中，自己什么都不需要做。"

我觉得，可尔必思夫人正在对我说非常重要的话，于是像茶托一样，一言不发地等待她接下来的句子。

可尔必思夫人继续道："随着时间的流逝，眼里的风景也会渐渐改变。由于每天只改变一点点，因此自己毫无所觉。但是，终有一天你会发现，咦？和之前的风景完全不同了呢。这就是所谓的'时药'。人类生来具备自愈之力，有时候受了伤，即便不去理会，伤口也会自行愈合。徒劳的抵抗只会弄巧成拙，让事态变得更加糟糕。恰好是在这种时候，你得学会一口气卸掉力量，随波逐流。如此一来，你便发现，一切终究不过是个笑话罢了。"

可尔必思夫人神情沉稳。

现在的我，无论如何也没法想象，有一天，自己能将与QP妹妹之间的争执视为一个笑话。

我还是第一次和可尔必思夫人进行这种深奥的谈话，感觉十分新鲜。原来，可尔必思夫人也经历过这种不为人知的苦闷、烦恼，甚至手足无措。仔细想想，其实是理所当然的。

"我好像觉得轻松点了。"我说。或许，可尔必思夫人之所以会对我说这么多，是因为我的表情看起来真的像被逼入绝境了吧。

"要记得笑啊。"说着，可尔必思夫人爽朗地笑了起来，"越是艰难的时刻，越要试着去笑。这样能为比你辛苦得多的人带去希望。"

"我最近似乎总是眉头紧皱。"我一面反省,一面喃喃自语。

照镜子时,我的确感觉自己有时像个头上长角的女鬼,这个发现令我不寒而栗。

"活着,本就是一件辛苦的事嘛!"

可尔必思夫人语调明快地说着,使得这句话的可信度降低了不少。

"活着,本就是一件辛苦的事嘛!"

我模仿可尔必思夫人的语气,开朗地说。说完,感觉心情稍微放松了些。

"小 QP 一定是在试探波波吧?看你会在多大程度上把她视作亲生女儿真心疼爱。说不定也是因为弟弟妹妹占有了波波,她感到有点嫉妒呢。所以,你就当那些都是她的爱的反面好了,耐心等待小 QP 自身的风景慢慢改变。没问题的,波波,你会是一位好母亲。"

可尔必思夫人的最后一句话,让我强忍多时的泪水簌簌而下。这么多年来,我始终在夸赞别人,几乎从未得到别人的夸赞。连我自己,都总是否定、指摘自己。

"你啊，稍稍娇惯一下自己也没关系。"

见我哭得十分伤心，可尔必思夫人轻轻拍着我的背，安慰道。仔细想想，我已很久没像这样哭泣了。

尽管时常有想流泪的冲动，却很少有机会真的哭出来。有哭闹的闲工夫，不如去叠晾干的衣服更有意义，我总是这样约束自己，回避内心深处的情绪。

可尔必思夫人掌心的温度，温柔地透过后背，浸润到我的心上。必须成为一位努力的母亲呀，我鼓足勇气，坚强地想着。

"好啦。"可尔必思夫人再次在绝妙的时间点站起身，"又要开始下雨了呢。"

天空中堆积着厚厚的乌云。

"我心情好多了。谢谢。"我对她说。

这不是社交辞令。与可尔必思夫人聊完后，我真的感觉内心宛如舒芙蕾，骤然轻盈起来。

"时间是最好的良药。"

可尔必思夫人看着我，再次提示道。

"没错，时间是最好的良药。"

我也提醒自己似的重复了一遍。

六月过半，今年再次在丰岛屋的入口看到了美丽的七夕装饰。明明每年都能看到，我却每年都像第一次看到一样，突然之间不由自主地停下脚步。

因为真的特别美丽。

典雅修长的嫩竹上挂着青、黄、赤、粉、绿等五色短笺，司空见惯的纸鸽在风中摇曳。

洁白的暖帘上写着"屋岛丰"三个字，我却一时想不起是谁写的。之所以会注意到，大概是因为我重启了代笔业务。由于与平日的阅读顺序相反，某个瞬间，我还以为那是谁的名字，有种莫名的可爱之感。

我走进店里，迅速完成采购。

第二鸟居上装饰的绿、黄、赤、紫四色风幡，正轻飘飘地随风摇曳。我将头顶的乌云抛诸脑后，被这抹将夏天强势拉近的艳丽色彩吸引了目光。

段葛上的樱花树，果然如我所料，已经完全变成叶樱，豪爽地长出茂密的绿叶。

话说回来，撑着伞漫步在雨中的镰仓，也是一种不错的体验。

在雨天，镰仓本地人外出穿的鞋通常分为两种，一种是长款雨靴，一种是沙滩拖鞋。以前我也习惯穿长款雨靴，再在上半身披一件雨衣，全身完全防水地在外行走。

不过，生完孩子后，我改穿沙滩拖鞋了。穿上它，不管有多湿，哪怕直接踩进水洼，也不用介意。只要穿着淋湿也无所谓的短裤和T恤出门，回到家立刻换身衣服，相比次次都穿长靴要方便得多。而那些既不穿长靴，也不穿沙滩拖鞋，反倒穿着轻便女鞋或男士皮鞋在外行走的，一看就知道是外地游客。

从昨天开始，雨便下个不停。我之所以能够满不在乎地在段葛上走着，也是因为维修工程彻底完工，用混凝土覆盖了原本的泥土地面。段葛维修前，每逢雨天，脚下便泥泞得一塌糊涂，不穿长款雨靴，没法安心地走在上面。不可否认，现在的段葛比以前好走许多。

第一鸟居下，小舞已先抵达，正撑着红色雨伞站在那里。今天，我与小舞约好一起出游。

之前答应帮小舞写的那封给她婆婆的信，十分成功。原本我心里一直有些七上八下，担心害得她们婆媳关系闹僵，自己没法负责。结果小舞告诉我，她婆婆不仅没有生气，反而感谢了她。

眼看人行横道对面的信号灯始终没有转绿，我和小舞隔着马路，一边以目示意，一边冲对方招手。小舞穿着长靴，披着雨衣，是完全防水的打扮，看起来活像一个晴天娃娃。

"结心妈妈说，这下总算和我成为亲母女了。"

前几天在电话里，小舞神采飞扬地告诉我，还说想要支付代笔酬金，问我能否找个时间出来见一面。机会难得，我们便决定一起去八幡宫赏花。

八幡宫恰好坐落于小舞家与山茶文具店的正中间。我嘱托临时店员帮忙看店，然后迅速走出了家门。

终于等到信号灯转绿，我朝小舞走去。或许是心理作用，总觉得小舞看上去比上次开朗多了。

我们首先去源平池赏莲。

走过红色的太鼓桥，右边是源氏池，左边是平家池。古时候，源氏军旗为白，平家军旗为红，因此源氏池里种着白莲，平家池里种着红莲。

然而如今，两家的池塘中都开着白莲与红莲，这并不让人意外，因为桥下的源氏池与平家池是相连的。

顺便一说，源氏池里筑有三座祈祷源氏一族繁荣昌盛的小岛，对面的平家池里则有四座，分别对应着"三""产"与"四""死"。传说当时源氏池里原本也有四座小岛，后来被政子毁掉了一座，变成了三座。

"对了，莲太朗名字里的莲，是按八幡宫的莲花来取的吧？"小舞问道。

我们走到幼儿园大门口，近距离欣赏着莲花。

"没错，我是在莲花盛开的季节怀上他的，而且这是我最喜欢的花。莲花既能欣赏又能食用，多好啊。不过最近，我还没吃过莲藕呢，好像价格有点贵。"我说。

"每当看到莲花，心情就会平静下来呢。"小舞说。

她的看法我完全赞同。当然我也很喜欢山茶，但是莲花有一种独特的包容力。

"那么，小梅的名字呢？"

"小梅啊，她是在梅花绽放的季节出生的，而且，'小梅'的发音很可爱。两个名字都是 QP 妹妹取的哟。"

"啊，原来是这样。我还以为名字是波波取的呢。"

"嗯，严格来说是我们一家三口商量着取的。因为 QP 妹妹的名字里有个菜叶的菜字，所以我们觉得和植物相关的名字比较好，不过，一开始也只是有个笼统的想法，最终是 QP 妹妹一锤定音的。在我们家，QP 妹妹才是真正给弟弟妹妹取名的人。"

我们一边聊着，一边离开源氏池，朝平家池的方向走去。

"一点也没变呢。"小舞笑着说。

"真的，两边的莲花都一样。"

无论如何用人力区分花朵的颜色，只要时间足够长久，就会回归红白并开的自然形态。前几天，可尔必思夫人告诉我的"时药"，或许形容的就是这般景象。不管怎样挣扎、哭喊，一旦时间过去，总会自动恢复到应有的状态。

"我们去手水舍那边参拜吧。"小舞戏谑道。

"就这么办。"

我俩结伴朝舞殿那边走去。

水桶中漂浮的紫阳花，宛如一颗颗花球。粉色、淡蓝色、紫色、淡紫色、白色、青色，各色球形的紫阳花仿佛行星般，悠悠浮在水面。

浸了水的紫阳花生机勃勃地绽放着，似乎能够听见喜悦的歌声。闷热的背部吹来一阵凉风。

"每年看到这样的光景，就会觉得，夏天就要来了。"小舞神情陶醉地说。

风吹过,舞殿里装饰的彩球和风幡好像裙摆一样随风起舞。果然,镰仓的一年是从夏天开始的。

"好久没有去上面认真参拜了,不如现在上去吧。"

小舞道。我说那就一起吧,于是,两人并肩走上阶梯。

十多年前,神社里那棵被视作神木的大银杏树从根部折断,轰然倒地。

那时候,我尚未回到镰仓。对镰仓市民而言,这是一桩了不得的大事。其严重程度,从当晚上代给远在意大利的静子女士写的信里可以窥见一二。

"拥有千年树龄的大银杏树,从根部整个折断了。大约是衰老所致吧?"

信的开头便是这句话,泄露了上代激动的情绪。

信上写着,那天,上代从报纸上得知此事,不知是应该去看看大银杏树倒地的模样,还是就这么将它茁壮的身姿留在记忆中。左思右想之后,她决定亲自前往,便关了山茶文具店,骑上自行车出门了。她还说，自己双手合十地为大银杏树祈祷了冥福。

从那棵大银杏树的根部抽出的新芽，这十多年间长大了不少。

虽然不及之前那棵大银杏树坚韧威严，却也十分高大粗壮，即便两三个小孩同时悬挂在上面，或者用手使劲摇晃，它也纹丝不动。加油，我在心底暗暗为它打气。

参拜完本殿，我蓦地转过身，欣赏脚下许久不见的风景。

"不错啊。"

"从这里望去的景色，是最棒的。"

段葛笔直地向前延伸，通往大海的方向。

这是一座多么美好的小城。

互相道别后，我们便打算各自回家。小舞往丸山稻荷社的方向，我从白旗神社出发，抄近道往横国大附属小学的方向走去。

小舞在手提包里噼里啪啦翻找一通，掏出一只礼金袋。

"给。这是前阵子找你代笔的酬金。波波，这次真的非常感谢你。"

小舞郑重其事地对我鞠躬行礼，我吓了一跳，双手接过礼金袋。

然后，如同物物交换似的，我也将丰岛屋的特产递给她。里面装的是一种名为小鸠豆乐的点心。我习惯称它为"鸽子的饵食"，其实是做成一口大小的鸽子状点心。

嘴馋的时候吃上几个，心里会感觉暖烘烘的。一旦被孩子们发现，很快就会被一扫而空。我总是将它藏在只有自己知道的地方，趁旁人不注意的时候，悄悄往嘴里塞几个。

最近恰好吃完了，因此刚才在丰岛屋，我又给自己买了些。一想到这就如同鸽子之间的自相残杀，我的心情又变得莫名伤感。

"改天见。"

"祝我们都能度过一个愉快的夏天。"

嘴上如此说着，我心里想的却是，这个暑假，我一定会被育儿任务穷追猛打，无法像今天一样，与小舞悠闲自在地消磨时间了。

即将抵达我家那缠绕着爬山虎的外墙时，我一个转身，再次往八幡宫走去。刚才总觉得忘了一件事，又说不上来是什么，心情有点烦躁。此刻，我终于明白。

那就是去授予所领一张楮木叶形状的纸，用记号笔把心愿写在上面。记得我与蜜朗、QP 妹妹共同度过的第一个夏天，三人曾在楮木叶形状的纸上写下各自的愿望。

蜜朗写的是"生意兴隆"。

QP 妹妹写的,我绝不会忘记,是"希望有个弟弟或妹妹"。

而我当时写了什么呢?我将别人的心愿记得清清楚楚,却唯独忘了自己的。

我握着记号笔,思索今年要写什么样的愿望。

其实我有很多心愿,然而,要把它们总结成一条,还是很有难度的。

想了一会儿,我总算理清了思路。写完后,我将纸系在五彩绳上,用于供奉。

我怀着舒畅的心情走在回家的路上,一边走一边欣赏沿途各处盛开的紫阳花,时而转一转手中的雨伞。

在镰仓,一年四季都有鲜花盛放,而与这座小城最相称的,果然还是紫阳花。此时此刻,盛开的一朵朵紫阳花,宛如五颜六色的肥皂泡。

回家后,我打开玉手箱,记得之前我曾把三人写的纸放在里面。

"玉手箱"是我擅自的叫法,其实它是上代用来装衣服的柳条箱，里面收纳着我无论如何也不舍得扔掉的家人的回忆。

准确地说，现在我只是往里面一个劲地塞东西。等自己年老体衰的时候，慢慢品味这些旧物，沉浸在回忆中，将是我的人生乐趣之一。

我好不容易从玉手箱最深处找出那三片写着心愿的楮木叶，时隔数年，再次看到 QP 妹妹稚嫩的笔迹，感觉十分怀念。一起找出来的，还有母亲节那日她送我的手工贺卡，以及她六岁那年的六月六日，刚开始习字时用过的习字纸。

待我察觉时，眼泪已经夺眶而出。我不明白这有什么值得流泪的。就像下雨一样，哪怕不清楚原因，眼泪也会理所当然地涌出眼眶。

真想立刻紧紧地抱住 QP 妹妹。即使被她厌恶、踹打、抓咬，我也会坚持住。我想将她搂在怀中，感受她的体温。这是生下 QP 妹妹的美雪所传承的生命，如此惹人怜爱。

我想，自己是爱着 QP 妹妹的。

让我忍俊不禁的是，自己今天许下的愿望和那时相比竟然没有丝毫改变。果然，我始终只会祈祷家人健康平安，开开心心地度过每一天。QP 妹妹的字在这几年里变化很大，我的字却一如既往。

在神社时，我还觉得愿望太多许不过来，总结起来看，最终的落脚点都在此处。只要我死守住这个心愿，一切就足够了。这个道理，是过去的自己与现在的自己携手告诉我的。

我实现了 QP 妹妹当初的心愿。

也不知现在的 QP 妹妹，会在楮木叶上写下怎样的心愿。

今天午饭的配菜，是 QP 妹妹之前一口也没吃的蛋卷丝。吃着吃着，我有些明白过来，或许现在的我们，不知不觉间已成为真正的家人。

不过，这份薄烧蛋卷好像盐放多了，一股咸涩的味道在口腔中扩散开来。

金木樨

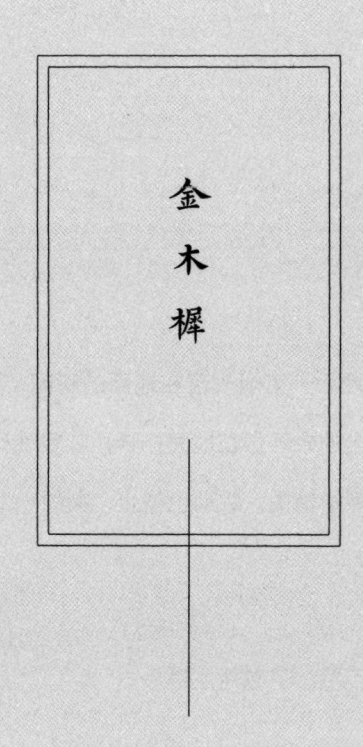

山茶的情书

线香花火的最后一束烟火落在地面的瞬间，夏天便过去了。有好一会儿，烟火的余烬仍在地面扑哧扑哧地跳动，像小动物似的。然后，火光渐渐消失，跳动也停止，嘶的一下，被彻底吸入夜色之中。

"结束了呢。"

我刻意省略了"夏天"这个主语。

"嗯，消失了。"

蜜朗也用同样的句式喃喃道。

线香花火的气味犹如若隐若现的烟雾，仍旧弥漫在四周的空气中。仔细想想，我似乎是第一次与蜜朗夫妻两人放烟火，以前总是有 QP 妹妹与我们一起。

蜜朗将地面残余的线香花火拢在一起，拾起来泡进水桶中。

我们拎着水桶回家，一路确保水桶里的水不会溢出来。到家后，发现 QP 妹妹正一边看电视一边玩手机。

我语调明快地打了一声招呼："我们回来了。"如我所料，没有任何回应。

今晚，两个小的在外留宿，我本想趁此机会，和 QP 妹妹好好单独谈一谈，线香花火原本也是为她准备的。

去年夏天，QP 妹妹玩得很疯，几乎每晚都想放烟花。我有些感慨，那样的她如今到底去了哪里。

"要吃西瓜吗？"

我打开冰箱，若无其事地问 QP 妹妹。

"不吃。"

好在她还愿意回答。我不由得叹了口气，这种时候，要试着默念"时间是最好的良药，时间是最好的良药"。

关于暑假的旧事，总是需要忍痛割爱的。

孩子们的第二学期开学了。几天后，一封书信被送到山茶文具店的收件箱中。收件人姓名是手写的，这种方式如今十分罕见。

信封正面有"山茶文具店　公启"的字样，背面写着一个陌生的名字。因为笔触十分女性化，我还以为寄件人是位女子，可从名字来看，又像一位男性。寄件人的住址位于东京都大岛町，从字迹判断，寄件人的年龄并不算老。

回到店里，我用拆信刀拆开信封，里面是一张再普通不过的横线稿纸。信的内容却令我大吃一惊，我一边读着信，一边不停地喃喃自语："不会吧。"

怎么可能，这不是真的吧。上代居然？

不可能，绝对不可能。

直到读完这封信，我依旧感觉有些不可置信，于是从第一页开始，重新读了一遍。读完第二遍，信上的内容没有丝毫改变。

不会吧……

上代曾和一位男性交往……

而对方居然是有妇之夫，夫妻俩还有孩子……

无论如何，我也不肯相信信上所写的。

我折好信纸，重新塞回信封，再将这封信藏在家里唯一带锁的抽屉深处。除了我以外，谁也不能看见这封信。

寄件人似乎是上代交往对象的某位亲戚，最近要来一趟东京，写信询问能否见面之类。

他说在网上查过山茶文具店，知道了我的存在，有些东西无论如何都想交给我。

信的最后还写着，待出发之日临近时，他会再联系我。

树上的柿子一天比一天红艳的季节，一位宝妈的朋友联系我，说要与我聊聊代笔委托的事，希望我前往指定地点见面。那位女子好像身体不太好，无法亲自前来山茶文具店。

事情似乎很是紧迫，我便空出不久之后的星期六，在黄昏时分搭上阔别已久的江之电。

我做好了准备，晚饭他们只需热一热就能吃。下面两个孩子有QP妹妹帮忙照看，我一点也不担心。只要我不在她眼前，QP妹妹还是会和以前一样，不，是比以前更加温柔体贴。

对方指定的地点，是江之电的镰仓高校前站的月台。

我比约定时间稍早抵达月台，只见一位女子独自坐在长椅上眺望着大海。

"您好，请问是茜女士吗？"我一步步朝女子走去，向她问道。

茜女士微微一笑，打算起身。然而，这个动作似乎给她带来巨大的负担,她的身体随之发出悲鸣。她表情扭曲,紧紧皱起眉头。

我们并排坐在长椅上,面朝大海。

"是个很棒的地方呢。"我说。右手边是江之岛,左手边是逗子的市街,形同一双摊开的手,沿着海岸线延伸。

"我非常喜欢从这里望去的风景,每天都从家里出发,搭乘四站江之电,来这里看海,然后回家。"茜女士平静地说。

"这个车站我路过许多次,今天还是第一次下车。"这样说的时候,我终于完全体会到茜女士的心情。的确如此,从这里望去的海景,即便在镰仓通的眼里,也是数一数二的。

"好不容易在湘南安了家,家里却望不到海。我是生了病之后,才感受到大海的美好。这是我的日课呢,我管它叫旅行,而非散步。"

说到这里,茜女士做了一次深呼吸,或许是有些喘不过气。接下来,她断断续续地对我说着。

"我每天都出门旅行一次,从这里看看大海,心里的烦躁好像嘶的一下都消失了。大海的净化能力真了不起,感觉哪怕整整一天什么都不做,也是可以被允许的。"

"我理解。"明知不能轻率地说出这样的话，我仍旧对她说了。

通过我们共同的那位宝妈朋友，我对茜女士的状况有了一定的了解。不过，最关键的部分对方并没有告诉我。

我沉默地等待茜女士再次开口。

过了一会儿，她继续说："真不敢相信，自己竟然得了癌症。我想，可能癌症病人一开始都这样想吧，该说是隔岸观火吗？反正从来不觉得会轮到自己，一直事不关己地活着。"

耳边传来哗哗的海浪声。

一个又一个冲浪者抱着长长的浮板，走向海边。他们跳进大海，等待海浪，脑袋在海面随波荡漾，犹如一群海豹。

我怀着与他们类似的心情，耐心地等待茜女士的话语。比起在屋檐下的桌子旁相对而坐，像这样各自望向大海地坐着，反倒让聊天变得轻松许多。茜女士也一定更容易开口。

过了好一会儿，茜女士继续讲起来。或许时间并没有过去那么久，只是因为我的沉默拉长了自己对时间的感知。

"我活不了多久了。"

我没有去看一旁茜女士的表情，从声音判断，她似乎哭了起来。

"我觉得自己很没用，连活都活得这么匆忙。一旦考虑一些事情，眼泪就会立刻往下掉。抱歉。"

茜女士在自己的手提包里翻找，却始终没找到手帕。

"我可真笨，偏偏在今天忘了带手帕。不好意思，请问你有纸巾之类的吗？"

眼看茜女士将话说到这个份上，我便掏出自己的手帕递给她。

"这个，如果您不介意的话，请用吧。帕子是干净的，今天我还没用过，别担心。这张帕子也是孩子给我的，家里有很多呢。"

我强压住内心起伏的情绪，避免自己跟着茜女士哭起来。

"那我就不客气了。"

茜女士恭敬地低头致谢，接过手帕。

又是那张帕子。QP妹妹、蜜朗与我三人初次约会时的那张。

那天，我也没带帕子。与QP妹妹分着吃的布丁甜甜的，此刻，那种滋味仿佛在舌尖慢慢地苏醒。

细细想来，QP妹妹其实送过我许多礼物，因此，如今不管她用怎样的态度对我，我都甘之如饴。

这种崭新的思考方式，犹如微风拂过脑海。

茜女士握紧手帕，继续道："我女儿就快结婚了，是独生女。

原本，她是打算在夏威夷办婚礼的，结果得知我生病，急忙把婚礼地点改为横滨，时间也提前了，但我觉得，自己可能还是赶不上……难得的喜庆日子，因为我的事，害得大家这么扫兴，我心里格外过意不去。女儿担心我，对我格外温柔体贴，反而是我，心里有很多情绪，却不知道如何表达。真是一个愚蠢的母亲啊。明明时间不多了，还冲女儿乱发脾气。"

夕阳照在海面上，留下波光粼粼的圆形日影。

日光仿佛拥有自我意志的生物，缓缓地晃动着，终于消失了踪影。

茜女士说："我啊，从没给女儿写过信。因此，我想至少要留一封给她吧。但是，因为手术后遗症的关系，我的肩膀很痛，右手抬不起来，根本没法写字。早知如此，我应该趁着身体健康时，给她写很多很多的信。真的，我太傻了。"

QP 妹妹的手帕，温柔地吸收着茜女士的泪水。

我闭上眼睛，然后慢慢睁开。

迎接夕阳的大海，散发出耀眼的光芒。这些光似乎在无条件地祝福所有的生命。

"您感觉冷吗？"

我猛地察觉过来，连忙问茜女士。镰仓白天炎热，到了夜里，风会忽然变凉。

"不要紧。不过，差不多到回家的时间了。我搭下一班开往江之岛方向的电车。波波，如果开往镰仓方向的车来了，你就乘车回去吧。不好意思，今天特地把你叫来这里。"

"您太客气了。"我说。

天空中布满细碎明亮的樱粉色晚云。

"平日里我总是在看山，已经很久没像今天这样好好地看看海了。大海也很美呢，如果可以，下次我们再一起来这儿看海吧？"

"当然可以。"茜女士微笑着回答。

先开来的，是茜女士要搭乘的开往藤泽方向的电车。我站在月台上，目送茜女士离开。

茜女士个子高挑，长得也非常美。那种美，不单单是指她的容貌，该怎么形容呢，她就像一位女神，强大而美好。

送走茜女士后，我心中思绪万千，站在原地一动不动。因为想再看一会儿大海，所以我特意多等了一班车，没有乘坐下一趟开往镰仓方向的电车。

电车驶过七里滨、稻村崎、长谷，渐渐地越来越靠近镰仓。夜幕降临，当我踏上江之电镰仓站的月台时，外面已经黑了。明明是星期六，月台上却空荡荡的，安静得令人有些不适。

快到家时，孩子们开朗的笑声从屋里传来。

QP妹妹正和弟弟妹妹玩作一团，嘻嘻哈哈地笑着。也许隔壁那位难以取悦的中年女性会来投诉吧，我担心地想。

不过没关系，如果真的发生这样的事，大不了我与蜜朗拎着点心盒登门致歉好了。此时此刻，没有什么比三个孩子发自内心地放声大笑更重要。

我在门口站了好一会儿，倾听孩子们的欢笑声。

月亮浮在天空中，像对半切开的萝卜。脚边响起的虫鸣，正悄悄演奏着秋日合唱曲。

从那之后的下一周开始，我都会想办法空出时间，尽可能与茜女士见面。

每次，我们都在镰仓高校前站的月台碰头，一起看海。尽管是这样简单的一件事，每当想起今天要见茜女士，我的心似乎也被染成微微的茜色。

看海时，茜女士会跟我讲起她的女儿。

讲女儿出生当天的事，讲女儿的童年。我听了她女儿的各种逸事，也陪她一起笑与哭。

她还给我看了家人的照片。我对茜女士的笔迹，也有了大致的把握。

当然，我无比希望茜女士的身体能够痊愈，并且一直没有放弃为她祈愿。然而，眼前的现实问题是，不加快速度为她代笔是不行的。

最后一次在镰仓高校前站的月台与茜女士会面，是那一周的星期五下午。台风临近的缘故，坐在长椅上，能够看到海浪溅起的咸涩飞沫在空中乱舞。

那些飞沫硬如碎石，无情地击中额头和脸颊。茜女士将脸深深地藏在雨衣帽里，用与命运对峙的严肃目光，注视着狂乱的大海。

两人坐在长椅上吃我带来的花屋太卷寿司，有种快被大风吹走的感觉。

在我眼里，山林始终纹丝不动，大海却犹如怪兽的肚腹，呈现流动的状态。与火焰很像的是，大海无论如何都看不腻。

这天，我们几乎没有进行任何交谈，各自注视着大海，一动也不动。

回到家，我准备好笔和信纸。代入想象已经在回程的江之电车厢里完成，并且分毫不差、完好无损、不经修饰地记住了茜女士想对女儿表达的所有想法，只需用书信的形式将它们记录下来。这是我被赋予的使命。此刻，我就是为它而活的。

能够长久保存的，终究是纸质的书信。

第二次还是第三次见面时，茜女士不经意说的这句话在我心中回荡。

数码技术的进步，使得照片、影像能够以数据的形式半永久地存储。但是，数据能在瞬间被删除，如果不具备再现的环境，那么照片与影像就无法复原。

乍看之下，纸张确实脆弱，但无论是画、照片，还是书信，只要用心保存，哪怕是很久以前的东西，一样能够留存至今。如果不烧毁或者淋湿，它们可以保存很久很久。上代与静子女士往来的书信就是很好的例证。

我烦恼了一会儿，不知该在清晨还是夜间书写。最终，我决定在夜里动笔。

夜里写的信会有魔物寄宿，因此要尽量避免在夜里写信。上代曾不厌其烦地训诫我。不过，这一次茜女士的代笔委托，恰好有种适合夜晚的感觉。有的书信，必须在夜间书写。

我将事情原委告知蜜朗，请他尽量不要弄出响动，也不要跟我搭话。此时，两个小的早已进入梦乡，QP妹妹也回了自己的房间。

蜜朗戴着耳机坐在电视机旁看体育新闻，似乎他喜欢的那位职业棒球大联盟选手打出了一记本垒打，他无声地做出一个振臂高呼的姿势，十分开心。

我在上代与寿司子姨婆的佛坛前拜了拜，祈祷能够顺利完成这次的代笔委托。

小枫：

　　这是妈妈第一次给你写信吧。

　　小枫，首先恭喜你，新婚快乐。

　　妈妈真的非常高兴。

　　小枫要嫁人了，妈妈心里说不失落是不可能的，但在妈妈看来，比这份失落大上几倍、几十倍的，是喜悦。

　　妈妈觉得，人生中能够遇见一位良人相伴，是无比幸福的事。更何况，对方还是小枫的初恋，这就更棒了。

　　请你在未来，与何大组成一个美满的家庭。

　　尽管这些都是老生常谈，然而希望你知道，妈妈会发自内心地支持你。

　　妈妈一直守护在小枫身边，你就放心地往前走吧。

　　最近，妈妈经常想起小枫出生那会儿的事。

　　小枫虽说不是早产儿，但刚出生时，身体仍旧非常瘦小。

　　对于这点，妈妈早有预感。第一次看见小枫时，由于你实在太小，妈妈抱着你都感觉害怕。

　　即便如此，小枫还是凭借这小小的身体，努力活了下来。当你寻找着妈妈的乳头，拼命吸奶时，妈妈真的很开心、很幸福，打心眼里觉得，能够成为这个孩子的母亲，是一件很棒的事。时至今日，这种想法也丝毫没有改变。

孩提时代的小枫，时常被误认为是男孩。头发总也长不长，还因为爸爸妈妈喜欢蓝色，你便总是穿着蓝色的衣服。小枫非常适合蓝色的。以前，妈妈带着小枫外出散步，小枫常常被旁人夸赞有男子气概。不，这孩子是女孩。当我这样纠正时，大家都惊讶地瞪大了眼睛。

"枫"这个名字，最初是爸爸取的，后来妈妈也投了一票，于是就这么定了下来。这个名字包含着我们对你的祝愿，希望你像树一样脚踏实地，像风一般轻盈自在。虽然实践起来并不容易，但是爸爸妈妈相信，小枫一定可以做到。

最终，妈妈也没能让小枫拥有兄弟姐妹。

与小枫共同生活的十九年，恍如白驹过隙。

记得有一次，小枫高烧不退，我们便在你的额头上贴了一块牛肉。爸爸说这样太浪费，几天后，便把那块牛肉做成牛排吃掉了。妈妈还记得，小枫念小学的时候，每年夏天都会去露营。这些小事，桩桩件件都是宝物，填充了过去的每一天。如果非要从中挑一件珍藏，是很困难的事。

长久以来，虽然妈妈希望能够与小枫一直保持感情亲密的母女关系，但是自从妈妈生了病，有几次我们真的吵了起来。对不起，当时妈妈一定很顽固吧。一点都不体谅小枫的心情，请你原谅如此不成熟的妈妈。

　　小枫，无论发生任何事，拜托你，请一定按计划举行婚礼。妈妈期待小枫能够幸福，这份心情，不管妈妈身在何地，都永远不会改变。

　　也许与一般母女相比，我们相处的时间很短暂，不过，妈妈最近察觉了一件事，人的一生，并非以生命的时长来衡量。这不是妈妈逞强，妈妈真心认为，人生的关键在于浓度。

　　小枫，谢谢你。

　　你愿意来到妈妈的身体里，妈妈真的非常感谢。

　　因为小枫性情温柔，所以妈妈不在之后，你一定会郁郁寡欢地想，要是当初为妈妈做了这些事，或者没说那些话就好了。

　　不过啊，你完全没必要这样想。

　　小枫作为爸爸妈妈的女儿降生在这世间，仅此一事，足以让妈妈得到慰藉与恩赐。

　　自从有了小枫，妈妈的人生也和以前迥然不同。

　　思考问题的方式、言谈举止都有了改变，当然，是往好的方向。

　　小枫，请你全心全意享受自己今后的人生。

要面带笑容地接纳它。人生呢，远比你以为的还要转瞬即逝。想做什么就去做，去讴歌生命吧。

这些便是妈妈想要送给你的话，有点讨人厌就是了。

再说一遍。

祝你新婚快乐。

请你一定要幸福。

妈妈 上

这些全是茜女士的话。

是她看海时告诉我的话，再借由我之手传达给女儿小枫。有时，所谓代笔，不过是将右边的东西原封不动地挪到左边，仅此而已。

不知什么时候，蜜朗已经回了卧室。客厅里，只剩下我一人。

第二天早晨，我重读了一遍书信。内容方面没有问题，可我总觉得哪里不对劲，心里像被什么堵着似的。我反反复复地读着，想弄清个中缘由。

也许是字不一样。

发现这点时，我已用吸尘器为房间除完尘，也给文冢换好水，完成了参拜。

总觉得这封信写得过于流畅。

我将茜女士的笔迹模仿得惟妙惟肖，仅从这点来看，这封信无疑是成功的，但重点可能并不在于此。

不如用左手写信试试？

我之所以会产生这个想法，是因为来店里打工的女孩无意间的一句提醒。她是一名美大的学生，在读作家向田邦子所著的《父亲的道歉信》文库本后记时，好奇地"咦"了一声。

"怎么了？"

此时，我正在一旁清点文具库存，闻声问道。

"这本随笔，据说是作者用左手写的，因为后遗症让她完全无法用右手写字。"打工女孩一脸迷糊地说，"换作是我，连笔记都会记在手机里。看来作者执念很深哪，一定是想用纸和笔来记录保留吧。"

她不可思议地说着，合上了文库本。

便是在这个时候，我萌生了用左手再写一遍茜女士的书信的想法。

毕竟，茜女士不是告诉过我吗，她曾无数次尝试亲自写信，但是病痛让她无法下笔。

右手写信的话，字体固然优美，也方便阅读。换成左手，当然不如右手写字那么顺畅，还很耗时间。不过，每个字里寄托的情意，显然会让这些字比右手写出的更加深厚。

茜女士对女儿有着这样沉重的感情，既然如此，用左手书写或许会更有意义。

我请打工女孩帮忙看店，下午，用左手将信重新写了一遍。

行文与上一封稍有出入，不过我并不介意。

中途数次停下。

在这个过程中，我似乎也在体验茜女士与小枫共同走过的时间，时而放下笔，想象存在于那些时间里的风景，感受风的气息，然后继续书写。

两份同样的内容，我将信纸分别装进不同的信封。由于左手写的字比右手写的大，故而信纸也用得多些。

两封信我都打算让茜女士看一看，由她挑选出自己认为更好的那封。

我本打算写上收件人姓名，不过想了想，还是作罢。如果可能的话，我想请茜女士亲笔书写。

几天后，茜女士联系我，说今天感觉身体好了点。我带上两封信和写信用的笔，造访了茜女士的家。她的先生申请了在家办公，亲自带我走进茜女士的卧室。

茜女士躺在可移动床上，病情明显比之前严重。察觉我的到来，她微微一笑。我感觉，她已经完全接受了这残酷的命运。

"给您女儿的书信，我带来了。"我俯身在她耳边轻轻地说。

茜女士看着我，露出感激的表情。

"两封信内容相同,不过一封是右手写的,一封是左手写的,茜女士您看看,然后选一封如何?"

听闻此言,茜女士缓缓地点了几下头。

我将两封信放到茜女士手中。

茜女士读起信来。

她家的西式客厅与茜女士的气质十分契合。客厅里摆着一只大花瓶,里面插着一束洁白的百合花,花朵散发出甜美的香气。

"这封。"

这是今天茜女士第一次发出声音。她手上拿的,是我用左手写的那封信。

"如果可以,茜女士,请您在信封上写下收件人的名字好吗?我会帮您的。"

尽管不知茜女士会如何作答,我依旧提议道。

茜女士思考了一会儿,仿佛在揣摩我话里的意思。然后,她用尽全身力气,回答道:"我写。"

我请她先生将茜女士从床上扶起来坐好,在她右手下方垫了一条毛巾,以减轻这种坐姿给茜女士的身体带来的负担。然后,我拔掉笔帽,将笔放在茜女士的右手指间。

然而，她的手指无法用力，笔很快从她手里掉落。她先生沉默地守在一旁。

不知道尝试了多少次，茜女士终于顺利地用拇指和食指夹住笔。我将信封移到她手边，协助茜女士写收件人的名字。

茜女士慢慢地、一笔一画地写着，仿佛正将迄今为止的全部人生，灌注进这几个字里。

给小枫。

写好后，等字迹干透，我又将信封翻过来。这回要写"妈妈　上"。

仅仅这几个字，茜女士仿佛已用尽了力气。躺回床上后，她立刻闭上眼睛入睡了。

我把右手写的那封信，连同笔一起装进包里。

记得有一回，坐在镰仓高校前站的长椅上，茜女士曾说，不久之前，小枫迷上了姆明，也很想与茜女士一起去芬兰旅行。为此，我从家里带来了姆明贴纸，用作信封的封口贴。

我将那封信正面朝上，轻轻放回茜女士的枕边。

如此强有力的字迹，即便拼尽全力，我也写不出来。

唯有此刻，唯有茜女士能够写出的"枫"字，饱满地灌注着她鲜活的生命力。

"再会。能够遇见茜女士，我真的很开心。"

我站起身，用只有茜女士能够听见的声音轻声道。

或许，今天就是我最后一次见茜女士了。这个念头掠过脑海之际，我急忙否定道，不不不，说不定某一天还能与她一起坐在镰仓高校前站的长椅上看海。我在心中默默期盼着。

半个月后，茜女士与世长辞。在家人的守护下，她走得十分安详。

小枫的婚礼上，茜女士的先生代她诵读了那封信，然后顺利地将信交到女儿小枫手中。

时间在忙碌中流逝，终于到了他抵达东京的日子。我告诉他最近很忙，无暇前往，对方便打算专程来镰仓。当被问及在哪里见面比较合适时，我脱口而出的是 BUNBUN 红茶店。

这是一家颇有历史的红茶专卖店，距离镰仓站西口七八分钟的步行路程。在那里见面，遇见熟人的概率较低。

说起来，这是我婚后第一次与丈夫以外的男性单独见面，更何况，对方还是传说中上代曾交往过的有妇之夫的亲戚。

不管被谁看到，我都有理说不清。

那么，最聪明的做法是挑一个不会被发现的地方，与对方悄悄见上一面。

为此，我脑海中首先蹦出来的店铺，就是 BUNBUN 红茶店。

跨过横须贺线的铁轨，路过市役所，再穿过前方的隧道，便抵达镰仓站西侧的佐助片区。平时，如果没什么事情要办，我很少踏足这片区域。

我原本打算化个妆，再穿上外出用的正装，转念一想，这样看起来可能怪怪的，于是挑了件好穿的日常衣服，收拾妥当后走出家门。今日之事涉及上代的隐私，我一个字都没告诉蜜朗。因此，接下来这场同陌生男子的会面，也是秘密，不，是机密。

对方的姓氏是美村，名冬马。美丽村冬日里的一匹马，这个名字的意象，犹如一张绘好的明信片，单凭这点，便让我有些心神恍惚。

我尚未与对方聊过，目前手头只有文字提供的情报，也不知道对方的年纪，从信中的字迹观察，他给人的印象很不错。冬马先生的字十分纤细，就像女子写的。

我走进店里，心不在焉地在位子上坐下，恰在此时，冬马先生也到了。我一眼便认出来者是他。

"你好。"我对他打招呼道。于是，他也爽朗地笑着，说了一声"你好"。这可真是一位相当博人好感的青年啊。至于年纪，看上去似乎比我小两三岁。

我们粗略地寒暄了一番时令季节，然后我打开菜单，请冬马先生点单。

"鸠子想喝点什么？"冬马先生问道。

"我要壶装茶和蛋糕套餐，蛋糕就选雪花酥吧。"我回答。

"那我也和你一样。"冬马先生说着，招呼店员过来点单。

说实话，我的心情有些紧张，竟然被初次见面的男性直呼名字。为了掩饰内心的动摇，我不厌其烦地浏览着菜单，详细阅读各种红茶的名称和说明。然而，所有文字都从脑海中径直掠过，在闯入视线的刹那消失无踪。不过，如此一来，我总算让心情平静了。

这里的雪花酥有苹果与莓果两种口味，我们各点了一份。店内的布置让人恍如置身英国的乡间农舍，以年轻女客居多，大部分客人都点了拍照好看的雪花酥。

"你很快就找到这家店了吗？"

"是的，按你说的从西口出来，没有迷路就到了。你经常来这里吗？"

"不，我是第一次来。"

明明不是相亲，面对冬马先生，我却有些腼腆。

记得向我介绍这家店的，还是喜爱红茶的芭芭拉夫人，当时她说，镰仓有家红茶店，能够喝到特别美味的红茶。

片刻沉默后，冬马先生切入正题。

"那么——"

"你请说。"

"关于我叔叔与鸠子的外祖母……"

"嗯，不过，我完全无法置信。"

"对吧。我也一样，你的心情我都理解。为此，我带了旧物过来。"

冬马先生从大大的手提袋中拿出一只小盒子。

这一幕似曾相识。从前，留学生纽罗也是这样，突然跑来找我，把上代寄去的书信小山似的堆在我面前。

其实也不能说"堆"，他是用一只做工别致的超市袋子装着那些信，再连同袋子一起交给我。信是上代寄给住在意大利的静子女士的，她是纽罗的母亲。

"请过目。"

冬马先生轻轻掀开盒盖，上代的字迹立刻映入眼帘。哪怕尚未确认信封背面寄件人的名字，我也十分肯定，这是上代所写。

每封信的收件人名字，都是"美村龙三先生"。

"我能读一读这封信吗？"

直觉告诉我，这位美村龙三先生已经不在这世上。正因人已过世，这些书信才会出现在这里，我想。

我慢慢展开信纸，刚打算看，冬马先生叮嘱道："信的内容，相当刺激。"

在我看信的时候，店员送来了红茶和蛋糕。我们整理了桌面的东西，腾出足够摆放两人份的壶装茶与蛋糕盘的空间。

雪花酥犹如巨岩，叠放在奶油上，呈现出一种危险的平衡感，看起来魄力十足。

然而，我仍旧无法相信这封信出自上代之手。信的内容充满激情，赤裸裸地表达着写信人的情感。脑袋仿佛被钉锤狠狠一击，好半天我都说不出话来，心中没有愤怒，没有悲伤，也没有喜悦。

这是从前我未曾想象过的上代，她如此猝不及防地逼近我的眼睛。我完全不是她的对手，只能愣怔地望着天花板。我再次被上代耍弄了。

作为一个女人而活的上代。

"你果然很吃惊呢。"冬马先生喝了一口红茶，轻声道，"我叔叔，晚年时是当地的一名议员，耿直谨慎，很有名望。"

"我家这位也是。"

想起刚才浏览的那封上代的情书，我几乎羞愧得满脸通红。因此，我尽可能不去想她地答道。

"明明对我那么严厉。"

自己却陷入不伦之恋。

我有种被上代背叛的感觉。从前的上代，无论怎么看，都是一个清正廉洁的人，对她的品性，我深信不疑。

怀着些许愤懑之情，我用餐叉将面前的雪花酥搅得粉碎，这么做并不是为了发泄。听说像这样搅碎拌匀，才是雪花酥的正确吃法。

因此，我有足够的理由堂堂正正地弄碎它。对面的冬马先生拿起餐叉，客气而斯文地吃着。

由于尚未读完全部情书，因此我不清楚两人的关系究竟亲密到什么程度。即便如此,我也能够感受到文字本身带着偷情的意味。直到现在,那些话语依然在偷情。

"毕竟她也是一个女人。"上代的面容出现在脑海中,我有些失落地自语道。无论在心底怎么搜寻,我也只能找出这一句。

大概因为我搅得过于细碎,雪花酥的滋味变得非常有层次。蛋奶糊、生奶油、蛋白酥皮以及苹果酸甜可口的味道,在口腔中开心地乱舞。

忽然,盘子里被搅得一塌糊涂的雪花酥,与美村氏怀中上代迷乱的身影重叠在一起。

"我觉得他们是相爱的。"冬马先生轻声说,他的餐叉上残留着雪花酥的碎渣。

走出红茶店,我与冬马先生在静悄悄的住宅街上散了一会儿步。

冬马先生说自己在伊豆大岛做陶艺。他在东京都内出生长大,为了寻找一处环境良好之所,三年前,搬进了空置已久的叔叔家。

"收拾行李的时候,我在家里发现了点心子女士寄来的书信。看到信封上写着'机密'二字,我反而被勾起了好奇心。本以为里面是叔叔的私房钱,打开一看,竟然是情书,我吃了一惊。"

"两人究竟是什么关系呢？"我迈着缓慢的步伐道。

上代住在镰仓，美村氏住在伊豆大岛，按理说无法频繁见面才对。

"他们相遇过吧。"

冬马先生安静地回答。这句话虽然无法解答我的疑惑，却一点一点在我心里留下余音。

"从这里往前直行，顺着路标走下去，就到钱洗弁财天了。"

原本应该由我为初次前来镰仓的冬马先生担任导游，可惜时间来不及，我必须尽快回家。尽管如此，我仍旧没有按照最短路线回去，而是绕了一小段路来到这里，想要走一走那条许久不见的隧道。

"那么，有新发现的话，我们再联系。"我说。

冬马先生认为，上代的遗物中，一定也有美村氏寄给她的书信。今天他之所以特地赶来镰仓，便是为了说明此事，倘若我这边能够找到，届时我们便将书信收集起来，共同吊唁。

"再会。"我说。

此刻，若我一边挥手一边说拜拜，会显得二人的关系过于亲近。冬马先生对我鞠了两三次躬，渐渐走远。

肩上的背包骤然沉重起来，里面装着上代寄出的几封情书。

我将脚步放得很慢，如同与上代并肩散步。走上坡道，从舫工艺门口经过，渐渐便能看见那条隧道。

"真喜欢这条隧道啊。"

记忆中，我与上代一起走过这条隧道的次数，大概就那么一两回。她的这句话，却莫名清晰地浮现在我脑海里。

我也喜欢它。

在细长隧道的出口方向，隐约能够看到星星点点的绿意。走在隧道里，犹如观赏万花筒。而上代也像一只万花筒，不断改变形态，用鲜艳的色彩戏耍着我。

"鸠子。"

忽然，上代的声音在耳边响起。

"即便一个人，你不也走得好好的吗？"

想起小时候路过隧道时，因为害怕，我曾紧紧握住上代的手。

"对，即便一个人，我也能走了。"

不过，夜里独自走在隧道里，依旧令我感到害怕。

"别绕远路，早点回家去吧。"上代像平日一样，不由分说道。

"是——"

我拖长尾音回答，此时已经走出隧道。

不知什么时候，夕阳西下，夜幕降临得很快。每到夜里，镰仓就像换了副面孔。好孩子要早点回家，仿佛被催促着，我加快了脚步。天黑之后在外逗留，我的心会格外不安。这一点，即便是在长大成人的今天，依旧不曾改变。

虽然很想亲口问问上代她与美村氏的关系，但我还是刻意回避了这个问题。年轻时候写的情书被外孙女看到，即便是上代，也会感到害羞吧。

刚才，上代的声音有些冷淡，一定是她为了掩饰害羞故意这么做的。反正回家后，不管上代在那个世界如何抗拒、责骂，我也会仔仔细细、一字不落地读完那些情书。

站在横须贺线的平交道口，听着哐当哐当的声音，我的心情莫名平静下来。回到熟悉地方的安全感，让身体和心都有了着落。

即便同在镰仓，佐助那片土地对我来说，仍旧格外陌生，不知不觉间让我紧张起来。而且，今天是我与冬马先生初次见面，他便将上代写的情书交给我保管。这世上只有我和他两人，共享着这个秘密。

跨过铁轨，穿过第二鸟居前的人行横道，我走进停车场，取回寄放在这里的自行车。今天的晚饭是炸肉饼与可乐饼套餐。肉饼与可乐饼是从肉店直接买的，已经放进冰箱冷冻保存。将卷心菜切丝是蜜朗的拿手活。此刻，早已切好的卷心菜丝应该正在冰箱里待命。到家后，我只需将肉饼和可乐饼炸一炸，就能开饭了。

我的每一天变得更加忙碌。

既要寻找美村龙三寄给上代的情书，又得应付我家那位乳房迷恋者，还要忍受QP妹妹的瞪视，在此基础上，我每天都要晾衣服、叠衣服，把它们收纳在指定的地方，同时协调山茶文具店临时店员们的打工时间，如果接受了代笔委托，还得迅速开展工作。

有时，我不得不一边陪小梅玩洋娃娃，一边给蜜朗补袜子，忙得哪怕有十只手都感觉不够用。

不仅如此，欧巴桑也出乎意料地回来了。

欧巴桑是一只无主猫，时常在这一带自由自在地闲逛。它的后腿之间悬垂着丰满的阴囊，明显是只公猫，由于做过绝育，我家便亲切地称它为"欧巴桑"。这名字是蜜朗取的。

最近，我将欧巴桑的伙食也揽了过来。它稍微有些发胖，我每天的日课是喂它吃控制热量的减肥餐。

这段时间，我接受了一项重大的代笔委托。

说它重大，是因为我觉得对方支付的酬金非常可观。

"老板娘，你在吗？"听见这声询问，帮忙看店的打工女孩立刻飞奔到我面前，此时我正在室外清洗小梅和莲太朗的运动鞋。

"有个可……可……可……可怕的人问我老板娘在不在。"打工女孩瑟瑟发抖地说。

"可怕的人？老板娘是指我吗？"

"是是……是的，我觉得是这个意思。"

刹那间，我的脑海中闪过一个念头，莫非是母亲巴巴女士回来了？

以前，她在镰仓混迹过一段时间，近来似乎又和男人好上了，不知滚去了哪里，杳无音信。如果是和巴巴女士相关的人士，我会二话不说地请对方回去。我气势汹汹地冲进店里，打工女孩跟屁虫似的尾随我回到店里。

"欢迎光临。"

我用与往常无异的语气招呼道，看见对方的瞬间，身体像被冻住似的无法动弹。站在那里的，无论怎么看，都是一位理性黑道人士。

理性黑道戴着漆黑的雷朋墨镜，透过镜片盯着我，说："老板娘，有件事想拜托你。"

一口完美的关西腔。

第一次与真正的黑道面对面，我感到紧张极了。

"这是见面礼。"

理性黑道从包袱巾中取出一只小包裹。我本想仔细辨认一番他的五根手指是否完好，可他动作太快了，根本来不及看清楚。

记得神奈川县发布过《暴力团排除条例》，那么眼下，我是否应该立刻报警？可面前的理性黑道并无过分举动，只是打算送我一份见面礼罢了。假如没有造成事故，警察是不会出警的。想到这里，我决定静观其变。

"请进。您在这里坐一坐，稍等片刻。"我做了一个深呼吸，对他说，然后接过见面礼，往屋内退去。

方才，理性黑道确实说过有事拜托我，也就是指代笔委托。不管来客是何种身份，给客人上茶，是山茶文具店的惯例。同样的场景，换作上代的话，她一定会去泡茶。

那么，该请理性黑道喝什么茶呢？

这几日我又开始喝京番茶。尽管我觉得非常好喝，不过，正如我们在国外时，不会觉得那里的寿司好吃一样，在关东喝京番茶，对关西人而言，或许并不是一件值得高兴的事。

看来，还是用关东风味的茶饮招待对方比较恰当。然而，鸽子饼干或焦糖核桃糕这类镰仓的代表性糕点，得搭配镰仓的代表性茶饮才行。那么问题来了，眼下我完全想不起什么是镰仓的代表性茶饮。快一点快一点，心里越是焦躁不安，大脑越是一片空白。

就在这时，我忽然产生一个想法，不如煮一壶焙茶。寿司子姨婆曾传授我一个小诀窍，将陈年焙茶重煮一遍，茶香会更加醇厚。

我若无其事地回了一趟店里，想看看理性黑道在做什么，却发现他正津津有味地看着文具。

"还需要再等一会儿，您方便吗？"我诚惶诚恐地问。

"我有的是时间。"

回答我的依然是流畅的关西腔。

我动作麻利地往砂锅里放了些茶叶，再将砂锅放在炉子上。

待水煮沸后，茶叶散发出阵阵香气，我关了火，将焙炒过的茶叶放进茶壶中，往壶里倒了些热水，把茶壶和茶杯放在托盘上，端着托盘回到店里。从刚才开始，打工女孩便无所事事地在我周围晃来晃去。

什么意外都没有发生。聊了一会儿，我发现对方其实是一位普普通通的爽朗的关西大叔。他还说自己是男爵的小弟。对了，不久之前，男爵好像提过，说他的一位小弟要搬来镰仓，请我多多关照。

但是，都怪他穿着笔挺的西装，戴着雷朋墨镜，怎么看都像一位理性黑道人士。

他本人似乎对此也有所察觉，说："别看叔叔穿成这样，其实一点都不可怕。"

看着他满脸的笑容，我想，还好刚才没有报警。

记得男爵管他叫鸽子。当我告诉他我们的名字一样时，他立刻吃惊地瞪大眼睛，接着十分夸张地弯下腰，大笑不止。

虽然老板娘这个称呼有种挥之不去的违和感，但要是他为名字而继续笑个不停，我们就没法谈正事了，于是我决定暂不纠正。

看来，刚煮好的焙茶很合理性黑道的口味。

"呀，关东的茶很好喝嘛。"

理性黑道挺直背脊认真品尝焙茶的模样，与他的外表十分相称。

"这是什么茶？"

"焙茶。"

不知为何，我的发音好像也受到关西腔的影响，听起来怪怪的。

"原来是焙茶啊。我还是头一回喝嘞。"

"关西人不大喝焙茶吗？"

你一言我一句的对话，仿佛关东方言与关西方言在玩拇指相扑，说着说着，我觉得有些好笑。

"应该不怎么喝吧。我不太清楚。在关西的时候，别人请我喝的大多是抹茶或绿茶，还配了生果子。"

"抱歉。"

我想找一款适合焙茶的点心，不巧的是，小鸠豆乐刚好吃完了。

"不打紧不打紧。我喜欢甜食。"

说着，他从看上去十分高级的皮革手提包中取出一块一口大小的羊羹。

理性黑道动作灵活地拆开外包装，把羊羹掰成两半，放在刚才的包装纸上。

"请，老板娘和我一人一半。"

面对这出乎意料的发展，我连忙低头道谢。

我将羊羹含在口中，感觉外层有点干硬，中间裹着大颗红豆粒。

"很好吃。"我不由得笑道。

"这个叫作干羊羹，和老板娘煮的焙茶很配呢。"

理性黑道从包里掏出一块手帕，擦了擦指尖。手帕仿佛一团丝绸，质感莹润，富有光泽。帕面五彩斑斓，被熨斗熨得平平整整。

"晚上呢，我就把它切成薄片，加上柠檬一起吃，非常下酒哩。"理性黑道眉开眼笑地说。

"您喜欢酒吧。"我说。

"稍稍有点兴趣啦。"理性黑道有些腼腆地回答。最初，我的警惕心很强，以为人家是来自可怕世界的人，现在看来纯属误会，不禁感到好笑。

我与理性黑道其乐融融地聊着，仿佛能在闲谈中结束这场对话。然而，对方不愧是理性黑道，无论如何绝不耽误正事。

"这次前来，其实是有事想找老板娘商量。"他调整好坐姿，继续道,"我一个关系很好的兄弟,最近遇上了麻烦。然后,我从大哥那儿听说了老板娘的事,想着能不能请你帮帮忙,于是专程登门拜访。"

接着,他将事情的原委一五一十地告诉我,总结起来是这么回事。

理性黑道的兄弟向所有的亲戚借了钱,从国外购入了一批品质优良的宠物食品,开始做进口生意。那些食品使用的原材料是获得有机认证的优质蔬菜、肉类和鱼类,甚至可供人类食用,品质很好。

如今,日本流行养宠物,听说拥有宠物猫狗的人,比未满十五周岁的小孩还多。大家很乐意为宠物花钱,投入的数额远超从前。由于将猫狗视为孩子一般疼爱的人越来越多,高品质宠物食品逐渐拥有良好的市场前景。理性黑道的兄弟正是看中这一点,才开始做进口生意,不料却迟迟无法走上正轨。

用理性黑道的话说,问题不在宠物食品本身,而是他的贩售方式。如果能在宣传上多下些功夫,或许可以增加目标客户。可是,他们又没钱做大型广告宣传,能够想到的办法是,将手写信和商品一起寄给顾客。

"老板娘,你能助我们一臂之力吗?"理性黑道忽然站起身,朝我鞠了一躬。我吃了一惊。

"酬金,我准备的是这个数。"

他重新坐回椅子上,取出电子计算器,摆到我面前。

个、十、百、千,我从右往左依次数着零的个数,不不……不可能吧,于是我改从左边起,用手指点着数字逐个细数。

忽然有种想流鼻血的感觉。这是普通代笔委托根本不可能开出的价格。我心跳加速,即便去掉一个零,对我来说依然不是小数目。

"您能容我考虑考虑吗?"

如此重大的委托,我无法立刻答应。

"当然可以,老板娘。你就慢慢考虑吧。我先走啦,一个礼拜后再来。"

说着,理性黑道拿出一本超厚的皮革封面日程本,在上面做了记录。

"书信真是个好东西。我偶尔也会写一写,写着写着,心情就变平和啦。比起那些昂贵的礼物,还是书信更让人开心。"

理性黑道的字写得怎么样,我完全想象不出来,不过能够想象他喜欢什么样的文具。那双豪奢的手,非常适合百利金的钢笔。

"感谢款待。期待你写出大受欢迎的文字，今后也请多多指教。"理性黑道用格外爽朗的声音说，然后离开了山茶文具店。

我迅速拆开见面礼的外包装，仔细撕下嫩绿色的包装纸，发现里面的糕点是烤麸。我和打工女孩一人尝了一片，好吃得不得了。

这款点心像是稍微烤过的甜仙贝，口感清爽，吃多少都不怕腻。吃完后，还能对空掉的包装罐进行二次利用，比如收纳文具。

一个星期转眼便过去了。在此期间，我始终犹豫不决，不知该接受还是拒绝。

迄今为止，除了几次特殊情况，绝大部分代笔委托我都接受了。首先，对方的身份我并不介意；其次，如果眼前有人为写信所困，那就伸手帮他一把，这也是上代的一贯做法。

然而，这回的代笔委托与之前的任何一次都不同。

之前的代笔委托方均为个人，这次却是企业。而且，它并非单纯的代笔工作。

我不过是恰好撞上它而已，或许有人比我更加适合，不，应该说一定有这样的人。

话说回来，高额的酬金果然很诱人。

人要生存下去，就得吃东西填饱肚子。但食物可不是从天上掉下来的。在这世上，无论如何，钱都是必不可少的。

再说，我家有三个正值发育期的孩子，话说得再漂亮，也不能当饭吃。

明年，QP妹妹将升入高中。她打算考公立学校，为此正积极准备着，但也不排除改念私立高中的可能性。另外，假如我家与邻居家为噪声问题加深矛盾的话，我们便不得不考虑搬离此处了。

这么说虽然显得我斤斤计较，但是钱的确很重要。而且蜜朗的店，也前景未知……

从前，上代曾这样对我说：

"代笔屋犹如城里的点心店。假设我们打算拎着点心去别人家做客，会做点心的人自然会拎着亲手做的点心去，而不会做的人，只能去点心店里买自己认为好吃的送给对方。

"书信也是一个道理。有人能用语言将自己的心情恰如其分地表达出来，有人却不能。而代笔屋，便是为这些不能表达的人存在的。"

然而，假如我接受了这次的代笔委托，也就意味着迄今为止我一块一块亲手制作的糕点变成了机械化的批量生产。也许从表面看，这些糕点的外形都差不多，实则包含其中的情绪，或者说心意、灵魂，却大不相同。

使用机器批量生产的话，会导致其中包含的东西变得稀薄。

话说回来，我不也用打印机打印过代笔屋的重开通知吗？书籍也是一样，将作家的手稿用活字组版，再大量印刷生产。说不定，现在的作家都用电脑写作了。

"我该怎么办才好呢？"

我将唠叨了不知多少遍的话，又一次对着欧巴桑嘟囔。

从刚才开始，欧巴桑便一个劲吃着猫罐头。这是那天之后，理性黑道送来的样品，当时我并不在家。据说这种宠物食品，只要适当调一调味，人也会觉得好吃。

欧巴桑吃得十分香甜，对之前我给它的嘎嘣嘎嘣的低卡路里猫粮不屑一顾。看来，它的减肥又要从零开始了。

大受欢迎的文字。

理性黑道扔下的这句话，仿佛回旋镖似的，一直在我脑海中飞来飞去。

就在我迷茫不已的时候，另一项代笔委托又到了。看来，秋天不仅适合美食与读书，也适合写信。

那位男性声称写不好自己的退职申请，烦恼不已。其实那种东西，随便上网查查就能找到不少范本。

我想起了以前的武田先生。那时他还不是一位成熟的编辑，有一天，他来到山茶文具店，请我帮他写一份约稿函给某位评论家。

我果断拒绝了他的委托。

拒绝方式非常粗暴，完全谈不上礼貌。尽管事后我也曾反省，将它归咎于我的幼稚，却从来不后悔拒绝了他。后来，武田先生寄来一封亲笔信。

在我看来，自己的退职申请理应自己来写。

然而，对方是可尔必思夫人的先生介绍的，说实话，很难拒绝。当初我既然决定继续做代笔委托，那么人际关系就是重要的一环。与其流着冷汗拒绝，不如痛快接受，之后心里也会舒坦许多。

说起辞职信，比如退职意向书、退职申请等，根据提交时间或状况的不同，可分为不同的种类。

至于辞呈，更是社长、部长级别的企业家、公务员，在辞职的时候需要递交的文件。

这回的委托者是一位普通的上班族，他在公司工作了二十五年，最近被要求提前退休。虽然本人死活不肯承认，但事实就是，他被裁员了。

也就是说，他面临的情况是，退休已成定局，他应该提交的不是辞呈，而是退职申请。

有一点必须注意，即退职理由。一般而言，退职理由涉及员工个人情况，如果因为公司问题而退职，最好在退职申请中写明退职并非个人意愿。否则，之后本该获得的雇佣保险和退休金都会受影响。

事关他的将来，我既没有摆出公事公办的态度，也没有投入过多私人感情，而是怀着与委托者神田川先生共同握笔的心情，写下了退职申请。

这支笔颇得上代喜爱，是她用来决一胜负的钢笔。我故意没有用蓝黑墨水，而是选了一款极黑墨水。

不过，书写时，墨水尚未干透，稍不注意，手掌就会蹭花刚写好的字。我怀着如履薄冰的心情，万分小心地写着。

一步又一步，时间一点点过去，我离终点越来越近。

退职申请

　本次，基于业绩不佳、部门缩减规模的缘故，本人于令和四年十二月三十一日起，正式退职。

令和四年十月一日

第二营业部

神田川武彦

株式会社　光和

代表取缔役社长　佐藤博殿

任务本身算不上困难，甚至是很简单的代笔，准确地说，是代写。不可否认，我内心深处也希望能够尽快完成这项委托任务。

在等待墨水干透的时间里，我打算招待神田川先生喝点什么。家里正好有咖啡豆，可以冲滴滤咖啡，于是我难得地冲了黑咖啡，坐下与神田川先生对饮。

"真是帮了我大忙。"隔着氤氲的水汽，对面的神田川先生微笑地对我说。

"哪里哪里。"

一句"小菜一碟"差点脱口而出，还好我及时忍住，将它和黑咖啡一起吞进肚子里。

"我自己啊，说什么都不愿意写。"

他一定是被迫退休的吧。神田川先生的话语中透露着不甘。

"我觉得自己已经很拼命地工作，却得不到公司的认可。好在最后时刻，能像这样干脆利落地写一份退职申请，心情也跟着爽快起来。"

今后打算如何生活，下一份工作找到了吗，这些问题，当着他的面，我实在问不出口。

仅仅帮忙写了一份退职申请，就得到对方如此郑重的感谢，我感到有些困惑，却多少能够理解，为什么神田川先生无论如何都不愿意自己来写。

退职申请上的字迹已经干透，我将纸张下面三分之一的部分向上折，上面三分之一的部分向下折，最后再对折一次，以三折形式放入信封，交给神田川先生。

神田川先生盯着信封上的"退职申请"几个字，目光一动不动。然后，他忽然抬起头，直视着我的眼睛，说："谢谢你。"

他低下头，对年纪比他小得多的我，深深鞠了一躬。

我在心中暗暗为神田川先生加油。

希望这份退职申请，能够成为神田川先生人生中一个崭新的起点。

这次的代笔委托，在我眼里略显无趣，对神田川先生而言，却意义重大。这一点，我也是后来才察觉的。由此看来，许多事情不亲自实践，是不会明白的。如果开始便拒绝，那么一切就到此为止。

整整一个星期后，理性黑道几乎是与那天同一时刻来到山茶文具店。

"请允许我接下这份工作。"

我神情严肃地对他说，看起来就像接受求婚似的，这让我心里有些难为情。

"老板娘，非常感谢。"理性黑道对我说，他的声音满含感激，似乎格外激动。

不管是男爵还是理性黑道，乍一看去显得やさぐれる，但他们的本性或许十分温柔。顺便一提，やさぐれる在这里并非通常意义上的玩世不恭、敷衍草率，原本它是"江湖艺人"的隐语，指的是离家出走、四处流浪。

"你看，文字大致是这样的感觉。"

气氛骤然一变，理性黑道从皮包中取出一份文件。

"当然，不按这个来写也是可以的。如果老板娘能用自己的语言稍微加工一下，效果反而更好嘞。"

我将文件从头到尾浏览了一遍，说："明白了。我可能需要几天时间。"

"不打紧，不打紧。"理性黑道笑容满面地说，"那么，作为成交的见证，咱们碰个拳吧。老板娘，不好意思呀，你能泡上次的焙茶给我喝吗？今天我带了忒好的点心来哩。"

理性黑道笑逐颜开地说着，再次从包袱巾里拿出一只木盒。

121

"这是我爱吃的水果大福。正巧若宫大路上也有这家店呢。我买了八个,有多的话,请分给大家吃吧。有各种口味的哟,老板娘,你先挑你喜欢的。"

他打开盖子,只见里面的大福并非通常所见的草莓口味,而是用柿子、水蜜桃、蜜瓜、无花果等水果做成的。我苦恼地思索了一会儿,选择了蜜柑口味。

"老板娘,你可真有眼光,挑了最贵的呀。"

"不好意思。"我慌忙道歉。

"我这是在夸你呢。"理性黑道赶紧说,他选的是无花果口味。

"京都的老家那边,种了好大一棵无花果树哩。"

我在里间为烹煮焙茶做准备,理性黑道有一搭没一搭地和我聊着。

"每年秋天,老妈就把无花果做成天妇罗给我们吃。"

当我将煮好的茶端出去时,理性黑道也准备好了大福。

"像这样,用丝线切成两半。"

理性黑道双手持线,左右滑动,将大福整齐地从中间一分为二,露出无花果的馅来。

"真可爱。"我不由得感叹道。

"老板娘也试试看。"

他将丝线递给我。我将丝线缠在蜜柑大福漂亮的腰部，猛地收紧。

"好有意思。"我说，打算以后也让孩子们用这样的方法切大福，然后忽然想起，上次理性黑道送了烤麸，我还没来得及道谢，于是急忙对他说，"上回你送我的那种薄薄的点心，非常好吃。"

闻言，理性黑道用理所当然的语气说："你喜欢就再好不过了，是我的荣幸嘞。"

虽然我不知他究竟从事何种工作，也不知他为什么搬来镰仓，但可以肯定的是，他绝非坏人。

我们将水果大福漂亮的切面朝上，并排摆放在怀纸上，开始喝焙茶。

"好幸福。"我说。

其实，普普通通地吃蜜柑不就挺好吗？脑子里掠过这个想法的瞬间，我感到有些惭愧。蜜柑的外面薄薄地裹着一层白豆馅，最外层是更加柔软的糯米团。

眼前的蜜柑大福早已落入我的胃中，桌上只留下一张怀纸。

"老板娘，你要是喜欢的话，也尝尝这半块无花果大福吧。我随时都可以再买呢。"

理性黑道轻易看穿了我的心事。

换作分娩之前的我，一定会非常客气地拒绝。然而，如今已是三个孩子的母亲的我，落落大方地微笑道："多谢。"

不知为何，我也模仿理性黑道，说起了关西方言。

"嗯，给你打六十八分吧，毕竟还是带着一点关东腔嘞。"

理性黑道笑着说，然后把那半块无花果大福放在我的怀纸上。无花果与蜜柑不同，自有一股独特的醍醐味。

由于打工女孩的感冒迟迟没有痊愈，因此今天轮到我看店。能够坐在店里，悠闲地品茶吃水果大福，真是一个幸运的午后。

"那么，那件事就拜托你了。"

理性黑道站在店门口，礼貌地对我点头道别。

发挥才智，则锋芒毕露；凭借感情，则流于世俗；坚持己见，则多方掣肘。总之，人世难居。

写下这段话的，好像是夏目漱石。记得这是《草枕》的开头部分。

它的意思是，避免与外界发生正面冲突，委婉灵活地待人接物，才是更好的生存方式。我回到镰仓已有十年，多少也学会一些处世之道了吧？世事真是让人无奈。

目送理性黑道离开后，我想重新读一读许久不看的《草枕》。记得上代的书架上，还放着一本古老的文库版。

衷心感谢您从品类繁多的宠物食品中，挑选了我们的商品。

您听闻过"医食同源"的说法吗？

它的意思是，治疗疾病的药物，与我们吃的食物同属一源。平日里，我们通过摄取营养均衡的食物，达到预防、治疗疾病的目的。

基于医食同源的宗旨，我们使用最好的食材，充满爱心地手工制作了这些宠物食品。

我们希望狗狗和猫咪每天都能感受美食的乐趣与生命的喜悦，幸福地生活。怀着这样的祝愿，我们寄出了您所购买的宠物食品。

请您与亲如家人的狗狗、猫咪，共同度过最美好的时光。

关于宠物食品，您有任何疑问或要求，请随时联系我们。

热切期盼您在我们的官方网页上评论留言！

经过无数次修改，我终于敲定了最终稿，用的笔是常见的水性圆珠笔，看起来就像店主一页页亲手所写，再印在信纸上的一般。

最后，我脑海中忽然灵光一现。由于次女小梅擅长画小动物，我便请她添了一些狗狗与猫咪在纸上，看起来如同信纸本身的图案。

这份工作如此简单，我居然收取了那样高昂的酬金，真的合适吗？自己是不是做了一件会遭报应的事？我感到愧疚，内心有种罪恶感。这一点，我十分肯定。

我大致跟蜜朗讲了一下情况，他告诉我，世间规则本就如此。

蜜朗曾在广告代理公司工作过一段时间，他说即便内容完全相同，一旦变成广告，酬金就会暴涨。听完后，我稍感安心。

得知代笔已经完成，理性黑道立刻来到店里。与平日的代笔委托相比，这回多了一些紧迫感。

我忐忑不安地将信纸交给理性黑道。

他正襟危坐，一动不动地盯着信纸上的文字。我感到不可思议，也不知他来来回回读了多少遍。

我退回里间，用砂锅烘干焙茶的茶叶。茶点仍旧是理性黑道带来的。

"写得真好啊。"

当我用托盘端着焙茶回到店里，将茶放在他面前时，理性黑道终于抬起头。也许是我的错觉，他的眼眶有些湿润。

"你的字是微笑着的。"

"我的字，在笑吗？"

"当然，这是夸奖的意思。"

我松了口气，至少这份代笔得到了理性黑道的认可。我的字在微笑，理性黑道竟然讲出这么文绉绉的话。

难得专门煮好了焙茶，理性黑道却突然有急事，必须马上赶去别的地方与人会面。

今天他带来的见面礼是泡芙，据说购自由比之滨大道新开的一家洋果子店 Grandir。

"告辞，下次再来叨扰。"

理性黑道留下一句"多谢"，便风一般离开了。

茶壶里还剩下不少焙茶，我一边喝着茶，一边考虑如何使用这笔高昂的酬金。

我打算将其中一半用作家庭储备金，另一半作为全家的兴趣开销，豪爽地挥霍一番。

话说回来，今年秋天，代笔委托接踵而至。最近，我暂时放弃了育儿任务，集中精力完成委托。我写完一份又一份，委托者依旧络绎不绝。

"莫非户口本上，只有我一个大活人。"

晚秋时节，店里来了一位年迈的女性。她打扮得就像到家附近买菜一般，忽然对我讲起自己的过往经历。

"我有很多朋友，但是渐渐地，我没法把他们的脸和名字对上号，聊着聊着，我忽然就不明白自己究竟是在和谁讲话。我觉得这样很不礼貌，心里也很不安，开始害怕外出见人……这种状况，我不知道可以毫无顾忌地跟谁讲。果然还是应该告诉家人吧？但是，我连一个家人都没有，只好讲给自己听了。"

这是一份罕见的书信委托，写给罹患阿尔茨海默病的自己。委托者是一位年逾五十五岁，未满六十岁的女性。独身、无儿无女，父母皆已过世，没有兄弟姐妹。

我还是初次与阿尔茨海默病患者见面并交流。不过，从我们的随意闲谈中，我并未感觉她的病情有多严重，她告诉我，她已经基本不会写汉字，无法胜任的家务日渐增多。

由于错漏百出、记忆力逐日下降，最近她辞掉了工作，有时甚至连自己的名字也想不起来。她翻开从不离身的笔记本给我看。

本子上写着："我的名字，叫小森莴子。"

"但是总有一天，就连这句话的意思，对我来说也会变得像外语一样难以理解。哪怕出现最糟糕的情况，我也希望至少还会写自己的名字，因此每天都要练习一百次。"

我猜，莴子女士的右手中指恐怕已经写出老茧了。

"这么说你可能会觉得我自吹自擂，原本呢，我是一个女强人，在大企业担任管理职位，工作非常麻利。我的宗旨是，勤奋工作，尽情游乐，还专门空出时间去国外旅行。我的朋友中有不少外国人。因为喜欢结识陌生人，与他们聊天，我一直非常热心地学习语言，比如英语、法语、西班牙语、俄语等。然而有一天，信赖的下属向我指出，我总是反复询问同样的问题，其实，我自己也越发感觉不对劲，便去了医院。诊断结果是，我患上了阿尔茨海默病。多亏下属，我才能在早期发现。现在，我靠吃药延缓病程，但将来会变成怎样，我实在是……简而言之，这个病会让患者渐渐失去记忆。因此，我打算制订一个计划，要定期给自己寄一封信，哪怕内容相同也无所谓，这样我才能明白自己是个什么样的人，经历过怎样的人生。"

小森茑子女士语气平静地说。

"咦，这是什么饮料啊？"过了一会儿，小森女士抬头问道，"我以前应该喝过，但是现在想不起它的名字了。"

"可尔必思。"我答道，"今天很冷，我便做了热可尔必思给您喝。"

"啊，原来叫可尔必思。可尔必思，可尔必思，我记住了。说起来，四十多岁时，我曾与一位拉脱维亚男子交往。他最喜欢喝的就是这个。每次从日本去拉脱维亚玩，我都会带上它。"

小森女士凝视着装有热可尔必思的杯子，仿佛杯底与拉脱维亚的土地相连。

她与我有什么不同呢？我也时常记不起前一晚吃了什么，有时会将蜜朗与儿子搞混，管他叫莲太朗。

一般来说，随着年龄的增长，人的记忆会变得模糊。而阿尔茨海默病，会让这种模糊以某种不自然的节奏迅速恶化。

"明天醒来后,我会不会连昨天发生的事都忘得干干净净,也记不起自己是谁。我只要这么想,夜里就会忽然害怕得睡不着觉。"

即便如此,小森女士依然制订了对策,堪称人生的英勇挑战者。

当我把这种想法告诉她时,她笑着否定道:"哪有这么夸张。"

"我呢,至今为止都享受着十分潇洒的单身生活,存储了许多能量。所以,该怎么说呢,现在就好像要给自己的人生做一个总结似的。另外,我必须感谢我的父母,我生性乐观,工作中不管遇到多少困难,都相信自己能够跨过去,内心有种毫无根据的自信,好在每次我也确实顺利渡过了难关。于是,不管心灵还是身体都被塑造成形,乐观积极,对我来说就像条件反射一样的东西。当然,这个年纪患上阿尔茨海默病,可谓人生从此跌落谷底。不过,我也并非什么都没法为自己做,不是吗?该吃药时吃药,尽最大努力延缓病程,之后,就听天由命了。这种时候,我会告诉自己:你正在接受上天的考验,上天正在测试你的能力,看你可以做到什么程度,这是你人生的考卷,如果顺利通过这场测试,接下来一定会有好事发生。我相信自己也能得到上天的奖赏。"

面对如此残酷的现实，小森女士依旧展露了笑颜。她是一位多么坚强的人。

"我明白了。小森女士，您是希望我为您代笔一封寄给自己的书信吧。您大概多久寄给自己一次呢？"

"让我想想啊。"小森女士思索着，"一个月间隔太长，一个星期又太频繁，不如每半个月一次吧。比如，在满月和新月的日子寄给我，你觉得怎么样？我喜欢赏月。"

"这个想法不错，说不定会很棒呢。"我说。

每逢满月与新月的夜晚，我都会向小森女士寄出一封总结她人生经历的书信。

又或许，月亮会帮忙延长小森女士的记忆也说不定。

小森女士的笔记本上写着她的住址，我把它誊抄在自己的笔记本上。

"那个……这饮料叫什么来着？"小森女士喝完杯子里剩下的可尔必思，再次问我。

"这是可尔必思。今天天气寒冷，我加了些热水，做成热可尔必思。"我将之前的解释重复一遍道，"小森女士，您曾与拉脱维亚的男性交往过,对吧?"

听到这里,小森女士笑了起来:"你知道的可真多呢!他最喜欢喝这个了。"

她的表情更加舒展,笑容闪闪发光。

几天后,我忽然想去观赏红叶。

于是,星期天上午,我家开始为外出赏红叶做准备。

我把这个计划告诉QP妹妹,她非常难得地表示要一起去,我立刻手忙脚乱地做好了便当。说是便当,其实只有饭团和腌萝卜。

我家已经很久没像这样全家五口一起出行了。平时不是这个缺席,就是那个不在,多数时候是按二比三的比例分头行动。最近,蜜朗经常和QP妹妹单独外出,我就像被排挤在外似的,内心有些不甘,不过,看着这对父女相处融洽的模样,我的心情也跟着明朗起来。

这些日子,两个小的也只顾着和对方玩,把我丢在一边。"不好办,不好办呀。"我无奈地感叹着,但小孩总会长大,终有一天要离父母而去。

凉爽的空气令人心旷神怡。

途中，我们改走山道欣赏红叶。阳光透过红红黄黄的叶片，细碎地洒在我们身上。

我有多久没有逛过狮子舞了呢？

记得当时我还没与蜜朗结婚，那一天，QP妹妹和我们一道去逛狮子舞。不，不对。好像是结婚那年的年末，三人一起去看的？

回家路上，QP妹妹冲着天空大喊"气球叔叔"。时过境迁，唯有这道声音，仍旧鲜明清晰地留在我的记忆中。

我不知道再过二十年，自己的人生会变成什么样。说不定会患上与小森女士一样的阿尔茨海默病。未来会发生什么，谁也无法预见。

脑海中倏然掠过茜女士的侧脸。

那时候，我与她一起在镰仓高校前站的月台上看海，不知如今她的灵魂飞去了何处，眼中映现着怎样的风景。

小森女士：

最近你好吗？身体感觉如何？

你的名字，叫作小森莺子。

你的双亲皆已过世，你是家中的独生女，至今未婚。

不过，你不必为此担忧！

你从父母那里继承了强大开朗的心灵。

一直以来，你都是一名勇敢作战的战士，非常积极乐观。

你在全世界拥有许多朋友。

你绝不是孤单一人。

你喜爱的花，是薰衣草。

你喜欢的颜色，是绿色。

你的生日，是 9 月 15 日。

你爱吃的食物，是饼干。

你喜欢的词语，是友爱。

你喜爱的水果，是阳光玫瑰葡萄。

你喜爱的动物，是羊驼。

你欣赏的作曲家，是巴赫。

你钟情的乐器，是羽管键琴。

年轻时的你，在职场上十分能干优秀。

你热爱工作，热爱游乐，打从心底享受自己的人生。

疾病让你的记忆力出了问题。

请你好好吃药，千万别忘记哟。

我给所有汉字标注了假名，将信纸装进信封，为便于小森女士拆信，在封口处贴上了一小段装饰胶带。我打算逛完狮子舞后，回家路上顺道把这封信投进红色邮筒。

满月之夜即将来临。这封书信，由过去的小森女士寄给未来的小森女士。

我们在永福寺里吃了一顿稍早的午饭。

孩子们欢快地嚷着"快过来"，于是我跟了上去。只见山路石阶稍稍往上的地方，是一处开阔的平台，旁边毫不造作地设着一排长椅，路标上写着散步道的字样。

我从来不知道，这里竟然还有这样一个地方。

全家分成大人组和小孩组在长椅上坐下。小孩组很快站起身，一边跑来跑去，一边吃饭团。QP妹妹也跟两个弟弟妹妹嬉笑打闹着。

为什么只要换作在户外，原本平淡无奇的饭团也变得有滋有味了呢？便携水壶里装着温热的鸠麦茶，我和蜜朗你一口我一口地喝着，然后我抬起头，望着天空发呆。

头顶是非常典型的冬日蓝天。过不了多久，今年便迎来尾声。

"蜜朗，你觉得用怎样的方式结束一生，是最理想的？"想着想着，我突兀地问道。

茜女士也好，小森女士也罢，她们让我明白，衰老和病痛皆非他人事。最近，不管愿意与否，我总是频繁地想起与人生终结有关的东西。

"我想想啊。"

平日里我们很少聊这类话题，一时间，蜜朗有些困惑。不过，我认为夫妻之间聊一聊这些还是很重要的。

"我希望比小鸠先离开吧。"蜜朗道。以前他也说过类似的话。

那日，我们去高知向他父母汇报结婚的消息，在回程的车上，他这样对我说。事后回想起来，当时的我和他正值蜜月期。

此刻，我装作全然不记得这件事的样子，说："你不觉得自己一个人先离开，是很狡猾的行为吗？你们男人，总是得了便宜还卖乖，认为自己反正会比老婆先死，一切麻烦事都有老婆担着，对吧？"我继续道，"我也很想得到蜜朗的照料啊。"

我噘起了嘴。

任谁都会希望在爱人的守护下，结束自己的一生。这难道不是一个人内心最真实的想法吗？

"我觉得，最理想的死亡方式是做着愉快的美梦，离开这个世界吧。"蜜朗说。

我说:"嗯,对本人来说,这样确实幸福。不过,要是哪一天,蜜朗忽然死掉,周围的人会既惊讶又后悔吧?"

蜜朗的前妻美雪,便是在某一天忽然离开的。不,应该说是被强制终结了人生。因此,对我和蜜朗来说,这个话题十分沉重。然而,此时此刻,我偏偏想与蜜朗探讨死亡。

"有时间在离开之前好好道别的,是癌症患者呢。"蜜朗说出一句令我意外的话。

"没错,罹患癌症的话,人可以利用剩下的时间,为离世做好相应的准备。"

这样看来,莫非患癌去世,反倒是不错的终结方式?

"假如突然死掉的话,那些让人难为情的书信啊,不想被他人发现的照片啊,不就都来不及处理了吗?"我说。

"小鸠,你有那些东西?"

蜜朗对我的称呼,至今依然不是"孩子妈",而是"小鸠",这令我备感新鲜。

"蜜朗难道没有吗?"

"嗯,我可不想留下脏兮兮的内裤就死掉啊。举个例子,要是死于交通事故的话，死的时候不就会穿着很脏的内裤吗？想想都丢脸。"

"我也不愿意那样呢。"

"对吧？"

就在这时，对面传来莲太朗的声音："妈妈，你快看。"

我想，他一定又是让我看自己抓到的虫子吧。我刚准备起身，就见莲太朗抓着一枝紫珠向我跑来。

"好看吧？"

树枝上结了许多紫色的小果，仿佛是谁精心打造的宝石首饰。不一会儿，QP 妹妹和小梅也回来了。

"妈妈，这是我送你的礼物。"莲太朗将紫珠递给我。

"还有这个。"小梅把绣球干花塞进我手里。

"谢谢，妈妈会把它们装饰在店里的。"

我接过干花，小梅害羞地笑着，抬头看向 QP 妹妹。莲太朗却猛地伸出手，朝我的胸口抓来。

"住手！"蜜朗像驱赶小野猫似的大声喝道。

这种时候，莲太朗的动作往往异常敏捷，我稍不注意就会被他偷袭成功。可我说什么也做不到蜜朗那般严厉，也无法对莲太朗生气。我总是担心，倘若为此责骂他，搞不好会给他留下什么心理阴影。

"如果临终之际，能够说声谢谢，是很幸福的事吧。"

我忽然脱口而出，继续刚才的话题。孩子们再次跑去别处玩耍。

"假如将来我患了阿尔茨海默病，需要穿纸尿裤，小鸠，你能接受吗？愿意照顾我吗？"蜜朗神情严肃地问道。

"放心吧，夫妻之间理应互相照顾，不是吗？更何况，说不定我比你先得阿尔茨海默病呢。到那时，蜜朗，你可不许逃跑啊。"

或许，那并非久远的未来。光阴转瞬即逝，回过神来，蜜朗和我已经变成了老爷爷和老奶奶，很可能那时两人都已痴呆，认不出对方是谁。

"QP妹妹啊，"我用指尖一圈一圈拨弄着刚才莲太朗和小梅送我的小小花束，转而讲起另一件重要的事，假如不是此刻，我也说不出口，"是不是讨厌我呢？"

说完，我的眼泪扑簌簌地直往下掉，连我自己也大吃一惊。

这句话宛如决定性的一击，在此之前，我无论如何都不想承认这个事实，也尽量逃避面对。但我一直非常在意，心情也十分苦涩，那种感觉，就像念小学的女孩子，总是担心自己会被最喜欢的朋友讨厌。

"都说了别担心啦。"蜜朗轻轻揽过我的肩。

此刻，孩子们不在旁边，我顺势将头枕在蜜朗的肩上，望着天空。

依旧是完美的冬日晴空。

薄薄的云朵铺在天际，宛如画家用板刷在湛蓝的画布上一口气涂抹出的抽象画。某个瞬间，那些云朵看起来仿佛天使。我想继续这样待一会儿，于是闭上眼睛，聆听蜜朗的心跳。

咚咚，咚咚，咚咚。

咚咚，咚咚，咚咚。

这声音是蜜朗活在世上的证明。

我抓住机会，悄悄和蜜朗接了一个吻。

前几日的台风似乎让金木樨再度开花了。

此刻，不知从何处飘来清爽甘甜的花香。

山茶

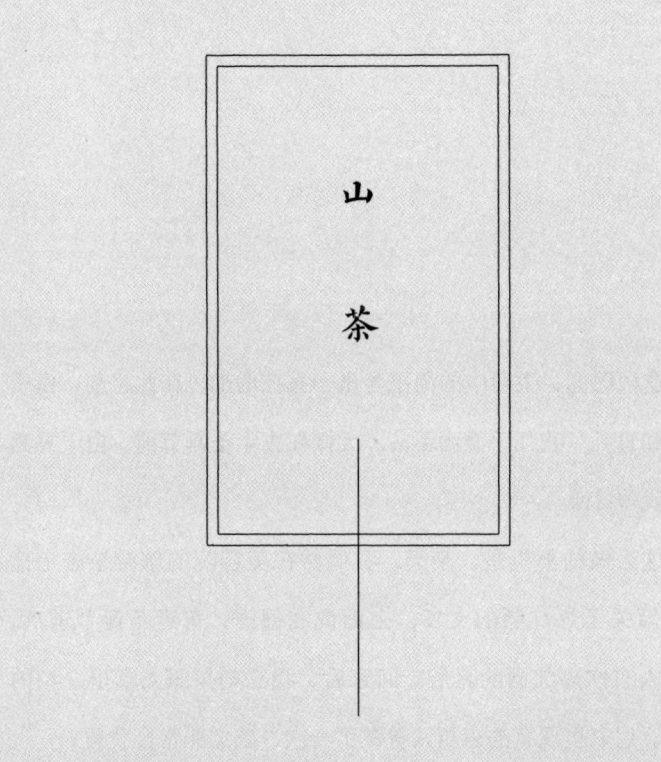

山茶的情书

这段时间，生活中的酒精含量一直在增加。在此之前，由于分娩和育儿，我几乎滴酒不沾。大概在去年圣诞节前，白天喝酒成为我的日课。

这么做的契机是，某天，我偶然在美容院的旅游杂志上读到一篇关于热红酒的文章，上面说在德国，每逢圣诞节前后，当地人有饮热红酒的习俗。回家后，我立刻按照文章里介绍的做法，用家里现有的东西试着做了一次，感觉非常合我胃口。

从那以后，只要蜜朗店里有剩余的红酒，我都会让他带回家，在小锅里放入肉桂、苜蓿、八角等香料以及蜂蜜，做成热红酒来喝。有时，我也会将切成圆片的橘子和苹果放进去煮。

从上代那里继承的这栋日本民房已经很老旧，修修补补一下固然还能住，但一到冬季屋子里就特别冷。喝点热红酒，身体也会跟着暖和起来。这种温暖让我无比眷恋。

喝了酒之后，脚步变得虚浮，心情却很舒畅。我可以忘掉所有烦恼，利用睡前的片刻，沉浸在独属于自己的世界里。

倘若睡意袭来，我便不等蜜朗回家，毫不犹豫地钻进被窝酣然入梦。如此一来，也能保持早睡早起的良性循环。

两个小的已经学会照顾自己，我也得以重新拥有和自己独处的时间。这比任何事情都令我开心，也让我回想起独自一人住在这个家里，与芭芭拉夫人轻松交往的时光。

因为家里有应考生，所以今年年末我们哪里都没去，只是安安静静地在这镰仓的山间生活，犹如冬眠一般。QP妹妹似乎想要报考县内数一数二的高中，眼下正将自己关在房间里努力学习。

之所以说"似乎"，是因为她从未找我商量过关于升学志愿的事情，这一切她都只和蜜朗聊。

每年，远在高知的蜜朗妈妈都会给我们寄来大量年菜，我只需用水芹和鸟一家卖的合鸭肉馅做成肉丸，煮一锅雨宫家秘制的杂煮年糕汤即可。

自从生下小梅，我便不再手写新年贺卡，巧的是，大家似乎很有默契，纷纷用发邮件的方式代替手写。因此，私人贺卡的数量也逐年减少。

按照往年的惯例，山茶文具店会在年末连休一周，对我而言，这是一个久违的长假。此外，我彻底迷上了热红酒的滋味，沉溺其中，喝了不少。

发现那件物品时，适逢正月休假的最后一晚，夜里九点多。

夏目漱石的《草枕》开启了我对古典文学的兴趣，读完它后，我打算继续阅读日本其他古典文学著作，于是在上代的书架上翻找。当我一页页地翻阅某本文库本时，那件仿佛干花书签似的东西，轻轻地从书页间掉落。

躺在地板上的，是一张明信片。

明信片上印了一张照片，拍的是山茶花。红色与白色的两朵山茶，相互依偎着飘落在地，半空飞舞着一片黄色的花蕊，花蕊上沾满花粉。不过，这张彩色印刷的明信片早已褪色，整体来说接近棕色。

我蹲下身拾起明信片，翻过来的瞬间，差点停止呼吸。明信片的一角，署着一个我非常熟悉的名字，字迹却是全然陌生的。

雨宫点心子女士。

寄件人是美村龙三，他一定是从伊豆大岛寄出的。然而，明信片上并未标注寄件人的详细地址，只写着"寄自大岛"的字样。而明信片上的照片，拍的也正是伊豆大岛的山茶。

"找到了。"

我愣在原地，好不容易才费力地挤出一句话。冬马先生一直在寻找的美村氏寄给上代的书信，确实就在这个家里。

手中这本文库本的封面，印着"睡美人"几个字。作者正是川端康成。仿佛悠然升空的气球一般，我的脑海中浮现出一张令人怀念的脸。

也不知那位热爱川端康成的富士额女士最近如何，不如再给她寄一张明信片吧。

这样想着，我将目光投向美村氏写给上代的话。

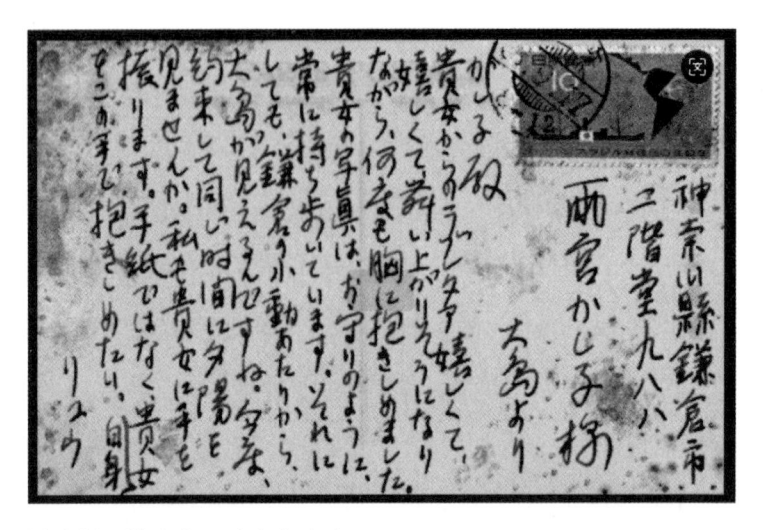

神奈川县镰仓市二阶堂九八八

雨宫点心子女士

寄自大岛

点心子女士：

  收到你的情书，我喜不自胜，差点跳起来，无数次将它捧在怀中。你的照片如同护身符，我总是随身携带。说起来，从镰仓的小动附近可以望见大岛呢。现在，你是否如约在同一时间欣赏夕阳？我会向你招手的。我想紧紧拥抱你，而不只是抱着你寄来的书信。

龙

小动这个地名，久别重逢般闯入我的视线。微小的小，动作的动，读作"koyurugi"。在距离江之电腰越站很近的地方，有一处突兀地伸向海面的岬角，叫作小动岬，上面有座小动神社。我听说过那里，但一次也没去过。无论如何，我都没法将上代与小动联系在一起。

根据我的粗略考察，上代与美村氏大约在五十年前开始交往。那时，上代应该还没有生下我的母亲（巴巴女士），正值二十多岁的青春年华。或许，美村氏的年纪比上代稍大一些，二人基本算是同代。据推测，当年美村氏已婚，并且有了孩子。

由于难以面对血亲的这段复杂情史，我倒了比平日更多的红酒在小锅里，点火加热，然后随意加些香料进去。家里的蜂蜜几乎吃光了，我便放了橘子酱，不停地用勺子搅拌着。

上代收到这张明信片时，年纪应当比现在的我小一些。尽管理智上多少能够理解，然而我实在无法想象，一个比自己更加年轻的上代会脚踏实地地过日子。

迄今为止，我从未思考过与外祖父相关的任何事情。说实话，我甚至根本想不起有这么一位人物存在过。对我而言，上代意味着一切，在我们的关系中，连巴巴女士的影子都很单薄。我始终认为，连通我与上代的是一根粗大的软管。

然而，倘若没有男人和女人，孩子便无法诞生。也就是说，巴巴女士，当然也包括上代，她们都曾与男性保持过那种关系，正因如此，我才会来到这世上。虽说有些后知后觉，这个事实却着实把我吓得不轻。

我右手拿着美村氏寄来的明信片，左手端着满满一杯热红酒，朝被炉的方向走去。今天，蜜朗的咖啡店要进货，他很晚才会回家。

冬夜漫漫。

我将冬马先生来镰仓那天，特意交给我的木盒摆放在被炉桌上，盒子里装着上代写的情书。

我轻轻打开盒盖，取出里面的书信。一共五封，其中四封分别贴着二十元的邮票。

美村氏寄来的明信片上，贴的是移居巴西五十年纪念邮票，面值是十元。这枚邮票几乎快从明信片上掉下来，我用力摁住它，然后抚平。

美村氏的字很难用好不好看去形容，却透露出某种独特的个性。我甚至无法凭借这些字想象他的容貌。一般而言，通过一个人的字，我们大致可以勾勒出写字人的轮廓，比如个子高矮、身材胖瘦，但是，关于美村氏的一切，我几乎毫无头绪。

无论何种情况，擅自阅读一个人写给他人的书信，我都会感到难为情，更何况这是由上代亲笔所写的情书。

原本希望此生结束之时，我对上代的过往始终毫不知情，却不料还是窥见了蛛丝马迹。既然已经知晓，就没有理由退却。我怀着不顾本人意愿强行扒光她衣服的愧疚感，从信封里掏出信纸。

然后，我下定决心般读起来。

三先生：

　　你还好吗？前阵子你在信里说自己感冒发烧了，不知是否痊愈？每天，我都会无数次想起三先生。不，坦率地说，整整一天，我无时无刻不在想念着你。

　　其实，我很想跳进大海，直接游向三先生所在的大岛，去见你。然而大岛太远了，我无比憎恨这种遥远。

　　要是我能将手伸得很长很长，长到足够摸摸三先生的脸，该有多好。

　　这几日吃蜜柑的时候，不经意地想象了一下三先生嘴唇的触感，情绪立刻变得难以自持。要是每天每天，不分清晨、正午、夜晚，都能与三先生接吻，我一定幸福得不得了吧。明知这是奢望，我却依旧贪婪地想象着。

　　三先生，请你再次在梦境中拥抱我。

　　因为被你搂在怀中时，我感到最为幸福。

　　在三先生面前，我不需要遮掩。不管本性多么丢人，我都不怕让你看见。

　　不可思议的是，面对你，我一点都不感觉害羞。

　　反而越发地想要靠近你，想要紧紧地依偎在你身边。只要与你身体交融，我便心满意足。

每当梦见我们做爱的场景，我就非常开心，它让我整整一天都很幸福。
　　希望我的美梦能够成真。
　　祝我今夜也能梦见三先生。

点心子

情书中的上代,鲜活逼人,耀眼绚烂,我完全没有办法直视她所散发的光芒。

说不定,美村氏便是上代的初恋。那仿若惊雷般的偶然与必然两相重叠,结果是上代从此喜欢上了美村氏,抑或掉进热恋的旋涡中?

摆在上代面前的,是否只有"爱他"这条笔直的道路,除此之外,别无选择?

忽然想起刚才从书页间飘落的美村氏寄来的明信片,我把它供奉在佛坛前,点上蜡烛,引燃线香。安静的屋子里,铃声悠扬地回荡。我双手合十,闭上眼睛。

"找到了哟。"我说。

"被发现了呀。"上代吐了吐舌头,仿佛一个恶作剧被识破的小孩。

"看来是一场声势浩大的恋爱。"我打趣道。

"谈了一场和我性格很不相符的恋爱。那之后又过了很久很久,鸠子才来到这个世界。哪怕是我,也有过那样的时代呢。"

这次与上代聊天,气氛一反常态地活泼。

"像那样心无旁骛、热情忘我地爱一个人,是很棒的事啊,哪怕一生只有一次。遇见龙三先生可真好呢。"我用理解的口吻道。

"爱这个东西啊，要么细水长流，要么热烈短暂，总归是其中一种罢了。"上代意味深长地说。

"就没有既热烈又恒久的选项吗？"

"这我可说不准，自己试试看不就知道了？对了，你再好好找找别的书信，帮我处理掉喽。"

"为什么？"

"因为，没必要留着了。事到如今，就算把它们曝光，也只会丢人现眼。"

"你明明就在情书里说，你一点都不感到羞耻。"

"那也得是在那个人面前，对吧。"

"嗯，道理我也明白。"

"那就拜托你啦。"

"等等，你倒是告诉我还剩下多少封，都藏在什么地方呀。"

"那么久之前的事，我早就不记得啦。"

"你现在依然喜欢龙三先生吗？还爱他吗？"我问出了最后一个问题。

"算是吧。他是个好男人，一不小心我就迷上了。"

上代泰然自若地说。说完这句话,她的身影倏然消失。

不知不觉间,困意袭来。我猛地抬起头,只见线香尚未熄灭。

我用双手拿起供在佛坛前的美村氏寄来的明信片,将它叠在上代的情书上,盖上木盒盖子。此刻,木盒中的两人一定亲密无间。

能够做到亲密无间的,并非只有身体。文字与文字,照样能够相互触碰、嬉闹,甚至亲密无间地交融。我竟然花了三十多年,才领悟还有这样一个世界的存在。

这只为两人营造出亲密无间空间的木盒,被我再次放回隐秘的抽屉深处。

一月六日,天空阴沉,我起身正打算关店,只见男爵优哉游哉地出现在面前。

"给,和往年的一样。"

他一如既往地板着脸,将手里的袋子猛然递给我。

"感谢您每年如此费心。"

我一边道谢,一边双手接过袋子。不必特意确认,我就知道里面装着什么。袋里的东西,是春之七草。

山茶

"新年快乐。今年也请多多关照。"

每年,男爵都会换着顺序讲这两句话,我一边想着,一边也向男爵道了新年好。

乍看之下,男爵和上次见面时并没有什么变化,可我毕竟不了解实际情况。虽然很想知道,那天以后他与胖蒂相处得如何,可既然本人避而不谈,我也不好主动打听。

男爵还要去别家送七草,很快便离开了山茶文具店。

这些七草十分新鲜,仿佛刚才还扎根于泥土中悠闲度日,此刻却被我移放到盛了水的碗里。七草已事先用水清洗过,很干净。或许是胖蒂洗的也说不定。

翌日,在把它们做成七草粥之前,我进行了一场名为"七草爪"的清洁仪式。

首先将自己的手指浸泡在盛有七草和清水的碗中,然后开始剪指甲。

其实去年我便想这么做,谁知最后没能做成。前年也是,匆忙之间根本顾不上。

我一边漫不经心地想着,一边剪短了所有指甲。

据说这样剪指甲,可以让人远离感冒一整年。上代每年都会进行这场仪式，说不定她就像现在的我一样，哪怕心里将信将疑，却仍旧摆出稳重端庄的神情，老老实实地做。

我叫来两个小的，得意扬扬地向他们讲述从网上查来的零星知识。

"这个呢，是芹菜。这边的，是荠菜。然后是鼠曲草、繁缕、宝盖草、蔓菁、萝卜。"我伸出手指依次数道，这种自以为是的语气，连自己都觉得好笑。明明我也是才知道，蔓菁就是芜菁，萝卜就是大根。

"现在呀，妈妈要把它们切碎煮成粥喝。在此之前，我们要先用这碗水泡泡手，把指甲泡软后再剪短。这样一来，我们今年一定健健康康，不会感冒。"

我尽量使用小学一年级学生也能听懂的词，简单明了地解释了一遍，没想到，两个孩子听完后，异口同声地说："撒谎。"

说完，小梅和莲太朗捧腹大笑。

"可是，以前的人都很信这个，妈妈也觉得，可能真有这么回事。"我不明白是什么让他们感到如此好笑，意气用事地继续说。

确实，七草粥和感冒之间并没有直接的因果关系，前者很可能只是一种安慰剂。嗯，一定是这样。一旦产生这种想法，再加上心理作用，人自然不会感冒。

我一边注意熬粥的火候，一边给两个小的啪嗒啪嗒地剪指甲。大约是睡眠不足的缘故，QP 妹妹摆出比平时更不耐烦的表情，僵尸一般出现在我们面前。

"早安。"哪怕会被无视，我依旧向她打招呼。果然，她什么反应也没有。

不过，当我问她："要喝七草粥吗？"

她微微点了点头。

"还是先剪指甲吧。"QP 妹妹噘着嘴，挤出一句话，"我可不想感冒。"

尽管她的态度不够友好，说出的话却让人莞尔。

她的意思是，身为应届生，她不想被感冒影响学习，因此也要试一试"七草爪"。

这点零星的反应，让我十分开心，就差当场摆出振臂高呼的姿势。不过，我强忍住兴奋的情绪，极力以冷静的语气回她道："请吧。指甲刀在这里。"

小时候，我每年都会参加的七草爪仪式，想不到居然在这种时刻派上用场。

是过去的我，助了此刻的我一臂之力。我想尽情夸赞当年的自己，并且再次感谢上代。

"粥煮沸了。"

QP 妹妹用威胁般的语气低声道，同时抬起下巴，指向煮粥的锅。

"哎呀哎呀。"

我急忙将火调小。从现在开始，要盖上盖子，小火慢熬。

大米那令人放松的香味充满冬日的厨房。我有预感，今天会是美好的一天。

关火后，我在锅中撒上一大把切碎的春之七草。在这锅香甜的粥里，春天先一步到来。

"打扰了。"

寒冷的午后，一位女性来到山茶文具店。本店那棵标志性的野生山茶树，正开出零星的红色花朵。大约是天气太冷的缘故，花朵呈现樱桃小口的形状，十分优雅。

家里实在很冷，我只好戴上露指手套用电脑处理工作。两位打工女孩都回老家探亲了，其中一位的家甚至远在国外。因此，直到一月中旬，我都得独自看店。酷寒天气即将到来，天气预报显示，几天后将会下雪。

这位女性看起来十分紧张，我想，她一定是来委托代笔的。

"请这边坐。"

我将她带到平日里客人常坐的圆凳前，接着去里间准备饮品。昨天给孩子们做的甜酒还剩下一些。重新加热后，我用喝咖啡欧蕾的杯子装着甜酒，回到店里。

这位女性大约不超过五十五岁，从气质来看，应当是镰仓本地的山族居民。

"您是从哪里来的呢？"我把甜酒递给她，若无其事地问道。

不出所料，她的回答是："从扇谷过来的。"

果然，我暗暗在心里感叹。

地名虽写作扇谷，却读作"ougigayatsu"。即便是镰仓本地居民，也很少有人知道应该怎么念。事实上，我也是最近才知道它的正确发音。

接下来，我与这位代笔委托人闲聊了一会儿，她告诉我，自家附近新开了一间卖百吉饼的面包店，并且只在清晨营业。作为报答，我也向她提供了这附近鲜为人知的店铺信息。

这种本地居民之间的口耳相传，比杂志提供的店铺情报快得多，也可信得多。

她的名字叫作贾科梅蒂，难怪我总觉得以前在哪儿见过她，原来和这个名字不无关系。她身材纤细，与瑞士雕塑大师贾科梅蒂的作品颇有几分神似。我当然知道这个名字是昵称，不过仍旧遵循本人意愿这样叫她。

闲聊告一段落，贾科梅蒂安静地切入正题，说："其实，今日冒昧拜访，是想与你商量我父亲的事。"

刚才还笑眯眯的贾科梅蒂，刹那间神情一变，凝重得就像今天的天空。

"你们住在一起吗？"我问。

"我家在扇谷建了一所两代同堂的房子。大约一年前，母亲跌倒骨折后，便去了养老院生活。父亲今年八十四岁。"贾科梅蒂愁眉不展地说。

"直到现在，父亲仍然坚持开车。你知道，扇谷的交通不太方便，从镰仓或北镰仓过去，都有一定距离。我十分理解父亲的不便，于是放任他自己开车，心里总想着应该不要紧吧。渐渐地，父亲年纪大了。说真的，他车技确实很好，本人也对此格外有自信。但是，考虑到他的年龄，一旦出事便追悔莫及，我们作为他的亲人，都希望他上交驾驶证，可每次提起这件事，他就情绪激动，完全无法沟通，甚至狂怒地反问，你们想砍断我的手脚吗，我还不如死了算了。最近他又说，你们简直是在谋杀我的灵魂，然后像小孩一样哇哇大哭起来。我知道邻居们看见父亲开车，也都心惊胆战的。如果出了事故，伤的只有父亲自己，大家会觉得这是没办法的事，可万一伤及无辜，甚至闹出人命，又该怎么办？一想到这个，我就害怕得睡不着觉。"贾科梅蒂一口气道。

我忽然想起，就在不久之前，听说一位老年人开车时搞错了油门和刹车，结果闯进幼儿园小朋友的队列里，导致几条幼小的生命成为牺牲品。

"扇谷也没通公交车呢。"我说。

二阶堂距离车站虽远，好歹还有公交车经过。而扇谷那个地方，道路狭长，坡道也多，除了横须贺线外，几乎没有别的公共交通。

"我跟父亲说，如果上交了驾驶证，打车费用由我和我先生承担，日常购物我们也会尽全力协助他。以前我们还商量过，不如由我去考驾驶证，可这件事后来也不了了之。我和先生都没有驾驶证，也不开车。我们在家办公，目前身体健康，就算没有汽车，日常出行依靠自行车也可以。但是，对父亲而言，汽车是他最重要的出行工具，已经成为他身体的一部分……他本人认为，无法开车相当于被剥夺了行动自由，为此十分恐惧。我先生曾偷偷藏起他的车钥匙，没想到父亲大发雷霆，那模样简直像要杀了我们，或许是年纪越大，越难控制情绪吧。发生这样的事情后，先生便采取听之任之的态度了。可我是父亲的亲生女儿，会毫不留情地和他争辩，而无论是多么冷静的沟通，到最后一定会演变为激烈的争吵。这一年来，为了这件事，我已经精疲力竭，感觉得依靠外人的力量才能解决。"

聊着聊着，我只觉身体越发寒冷，背上有股毛骨悚然的凉意。我将暖炉的火力调到最大。天空阴沉，快要下雪了。

最后，贾科梅蒂红着眼眶，喃喃道："父亲七十五岁之前，我们一直让他开车载我们外出，比如临时有事需要赶去北镰仓，或者家里的猫咪生了病，必须连夜送它去医院就诊等。每当这种时候，父亲都二话不说，开车载我们过去。一想起这些，我就很痛苦，觉得自己对父亲好像太过分了。小时候，父亲每年夏天都带我们回母亲的乡下老家，我自己也非常喜欢搭父亲的车出远门。

但是，父亲年纪大了，我不可能让他永远握着方向盘。到底应该怎么办才好呢？"

"真的很难办啊。"我说。

但凡有老年人开车的家庭，便不能对高龄驾驶视而不见，或许这真是一个令人头疼的问题。

作为亲人，言语间更是毫不客气，说话也会很难听。看着眼前的贾科梅蒂，我很难想象那种场面，但她一定经历过无数次与父亲的口舌之争。就像曾经的我与上代一样。

"在谁面前，您父亲愿意一言不发、乖乖听劝呢？"如果真有这样的人，贾科梅蒂便不会如此苦恼了，或许根本就不存在这样的人吧。我一边想着，一边问道。

然而，贾科梅蒂的回答却出乎我的意料。

"我觉得，父亲会愿意听母亲的话。他很喜欢母亲，倒是母亲，怎么说呢，对父亲并没什么特别的。或许，母亲那种冷冷淡淡的态度，对父亲最为有效。不过，父亲真的非常顽固，不仅固执己见，还特别自信，不会轻易被母亲说动。这也是父亲很不好对付的地方。"

"恕我冒昧，您父亲是做什么工作的？"

"他曾是医生，如今也不得不退休了，就在不久之前，他还奋战在医疗一线呢。正因如此，他更加听不进别人的意见……"贾科梅蒂深深地叹息道。

聊到这里，我已大致描绘出贾科梅蒂父亲的轮廓。他确实是个强劲的对手，用一般方法难以攻克。

"他们的结婚纪念日快到了。为此，父亲正为母亲准备礼物，可能他不会事先告知，而是直接去养老院探望母亲，好给她一个惊喜。但是，天气预报说那天会下雪……因此，我绝对不会让父亲开车的。如果可以，我希望他尽快上交驾驶证。万一途中因轮胎打滑酿成交通事故，父亲多年来努力经营的人生，就全毁了……"

"您母亲对您父亲亲自开车是怎么看的？"

"坚决反对。她说，现在我们与她能够通过视频电话联系，无须特意开车过去。家里的日常用品也可以在网上购买。如果非要用车，坐计程车就行，没必要留着私家车。她还让我们尽快把车卖掉。"

"您母亲的观念，相当先进啊。"我说。

"是的。母亲非常通情达理。"

提起母亲，贾科梅蒂的神情总算明亮起来。

"母亲甚至说，既然这样，那就离婚好了。反正再过不久，两个人也会跟对方说再见，生离与死别，本就没有多大区别。当初她之所以进养老院，也是因为住在家里，会被父亲管这管那，觉得烦死了。父亲总以为自己非常擅长察言观色，其实刚好相反，是周围人都在照顾他的情绪，只不过他自己没意识到罢了。"

由于我家并没有父亲这号人物存在，所以我只好发挥想象力，尽力理解贾科梅蒂说的话。我想，世间一定有不少像她父亲那样的"父亲"。

"我认为他是真心爱着母亲的。然而说到底，那也不过是一种自我满足式的爱情。他时常对母亲指手画脚，要求她这样做那样做，或者什么事情不能做，母亲不愿被管束，便主动搬去了养老院。然后，她乘机在养老院里交了一位比自己年轻的男朋友，两人相处得十分愉快，当然这种事，无论如何也不能告诉父亲。"

"哇！"

聊到这里，我忽然很想见见贾科梅蒂的母亲。

"我把母亲以前填好的离婚申请书带来了。"

贾科梅蒂从夹在透明文件夹中的信封里取出一张薄纸，上面印着绿色的横线。

"能请你帮忙写一封来自母亲的最后通牒吗？和离婚申请书一起交给父亲。原本我觉得由母亲来写最合适不过，和她商量之后，被她拒绝了。她说自己年纪大了，视力不好，写信很麻烦，她才不愿意呢。"

"那么，她如何看待您那样劝说父亲呢？"

"母亲理解，也表示同意。"

如此一来，说不定可以用离婚逼迫贾科梅蒂的父亲上交驾驶证。

问题是，贾科梅蒂的父亲有可能在情绪激动之下，将愤怒的矛头直指贾科梅蒂的母亲。

我把这个顾虑如实相告，贾科梅蒂露出安心的表情，说："本来我也有些担心变成这种局面，不过母亲早就看透了父亲的性格，似乎相当有把握。父亲一直以为母亲被他吃得死死的，实际上被吃得死死的那个人是他自己。母亲十分擅长做戏，是天生的演员，我觉得你大可不必为此担忧。我们只需做好准备工作，后面的一切就交给母亲处理吧。"

"您母亲真厉害。"我说。

听完这话，贾科梅蒂重重点头，绽放出冬日朝阳般清澈的笑容。

"真希望母亲能够长命百岁，一直陪在我们身边。"

看着贾科梅蒂如此坦率地表达对母亲的爱意，我感到十分羡慕。

"明白了。我争取尽快写好。"我说，并且打从心底希望自己能为这家人尽绵薄之力。

一封让贾科梅蒂的父亲愿意诚恳地接受家人意见，主动上交驾驶证的书信。我写得出来吗？不过，既然自诩职业代笔人，我理应交出让顾客满意的成果。

以前的自己可从没提过这样的要求，我一边想着，一边做最后的补充，说："那个，如果这封书信成功的话……"

贾科梅蒂正收拾东西打算离开。闻言，她停下手头的动作，看向我。

"可以让我见见您母亲吗？很抱歉，我提出这么厚脸皮的要求……"

仿佛太阳忽然从她脸上升起一般，贾科梅蒂用雀跃的声音道："当然可以啦！一定一定。年轻人愿意去看她，母亲很开心呢。我和先生没有孩子，母亲要是见到孙子辈的年轻人，肯定乐意与你聊天。"

仿佛确定了一个重大目标。为了见到贾科梅蒂的母亲，我鼓足干劲面对这份代笔委托。

"信写好后，我立刻联系您。"我说。明明时间还早，外面却笼罩在一片昏暗中，仿佛白昼已经结束。

"史无前例的寒潮就要来了呢。"

贾科梅蒂瑟缩着脖子走到店外。

"回去路上请小心。"

刚接触到户外的空气，我就冻得直打哆嗦。

关好山茶文具店的玻璃窗，我迅速开始工作。刚才和贾科梅蒂聊天时，书信内容便如雾霭似的，隐隐约约地浮现在脑海中。

趁着这片雾霭尚未消失，我拿出鸠居堂原创的纵向书写信纸，用万年毛笔流畅地写起来。

我参考离婚申请书上贾科梅蒂的母亲的笔迹，写下具有强韧意志力的文字。

老公，长久以来，承蒙照料。与你共同走过的六十年，因为有你陪伴，绝大多数是快乐的记忆。

你是最好的伴侣，最棒的父亲。

正因如此，我以这样的方式同你道别时，才会越发地悲伤不已。原本，我是准备和你相伴一生的。

不过，遗憾的是，你似乎爱你的车更胜于爱我。

当你还是一名医生时，曾救助过许多人的生命，为他人的幸福奉献一己之力，这令我备感自豪。然而如今，你是不是认为，自己开车哪怕撞伤别人也无所谓呢？

万一哪天你酿成交通事故，导致自己受伤甚至殒命，我们可以理解为是你咎由自取。

但是，若你因此伤及无辜，夺走他人的生命，那么，从前你的救死扶伤，岂不是都付诸东流？

你真的愿意用这样的方式终结自己的一生吗？

我坚决拒绝以肇事者妻子的身份，走向人生的终点。

接下来的日子，既然你坚持要开车，我也只好与你分道扬镳。

究竟是选择我，还是选择汽车，请你当场立刻得出结论。

　　二者不可兼得。

　　我没有开玩笑。

　　哪怕与你分开，我也能凭借现有的东西活下去，反正这把岁数了，未来的人生并不会太长。

　　随信附上离婚申请书。

　　如果你打算今后继续开车，那么在此之前，请你把这份离婚申请书填好，提交。

　　为了眼前的便利与自尊，不顾他人性命，真是荒唐又可恶。

　　等到真正发生事故的那天，一切便悔之莫及。

　　你理应比谁都懂得生命的分量。

　　不过，如果你放弃汽车选择了我，那么下次，我们就来一场悠闲的铁道之旅吧。

　　我还没尝试过九州新干线，难道你不想与我一起，重温快乐的蜜月旅行吗？

　　坐着列车去旅行，也是很有意思的事。你会为我推轮椅吧？

　　我尊重你的选择。

　　也请你再次冷静地思考一下，从今往后，希望以何种形式度过自己的人生，又想以何种表情迎接人生的终点。

要是你准备在结婚纪念日那天开着车来庆祝，请允许我先行拒绝。你完全不用冒着巨大的风险跑来见我。

也许这是我写给你的最后一封信，就让我再次重复一遍。

长久以来，承蒙照料。

确认好离婚申请书上的姓名后，我署上贾科梅蒂的母亲的本名。

待字迹彻底干透，我把信纸和离婚申请书一起塞进了信封里。

离婚申请书的证人栏也已填好名字和住址，笔迹虽不同，姓氏、住址却一致，填写人大约是贾科梅蒂同她先生。

全家人团结一心，努力想要劝说贾科梅蒂的父亲。既然如此，我必须让事情得到圆满的解决。

如果下起大雪，这封信就无法送出。我决定等孩子们吃完晚饭，把信亲自交到贾科梅蒂手中。

按照惯例，今晚本应将书信供奉在佛坛前，翌日清晨通读一遍后再封好信封。然而，这次情况紧急，由不得我慢条斯理地进行。新闻上说，数十年一遇的大寒潮即将到来。

我谨慎地做好防寒准备，出发前照了照镜子，我的打扮看起来像是要去登雪山。虽然有些夸张，但待会儿路上会发生什么谁也说不好。我一边祈祷自己能够顺利回家，一边在帆布包里塞了点小鸠豆乐便出发了。公交车只能坐到中途，下车后还得步行一段。

话说回来，天气冷得像是可以把人瞬间冻结。与其说冷，不如说疼。细小的冰刺毫不留情地刺向眼睑和脸颊，明明不到八点，四周却一个人也没有，就像深夜。我觉得自己仿佛踏进荒无人烟的边缘村落。

虽然贾科梅蒂贴心地告诉了我她家的详细地址，但是回过神来，我发现自己还是迷了路。走到净光明寺前，我终于投降，给贾科梅蒂打了个电话，她很快前来迎接。我把信交给她后，本可以就此离开，但又怕这封信仍有不足之处，于是决定去她家等一等。

贾科梅蒂是建筑家，她的先生从事室内设计工作。扇谷这栋两代同堂的住宅，便是他们亲自设计建造的，难怪与我家大不相同。房子外观时尚，内部功能也很完备。

我原本打算站在玄关处，等她将信看完便离开，贾科梅蒂却说天气太冷，执意要我进屋坐坐。于是，我便跟着她进了屋。

和我家相比，贾科梅蒂家的生活完全属于另一个世界。不知哪间屋子正安静地播放着古典音乐，贾科梅蒂的先生坐在沙发上，放松地品着餐后酒。

两只猫咪神态优雅，惹人怜爱，与动辄冲人发出沙哑威吓声的流浪猫截然不同。家中陈列的家具和厨具都十分有格调，看得我不禁叹了口气。

然而，最让我吃惊的还是地暖。整个房间暖烘烘的，令人忍不住想蹲坐在地板上。我打从心底羡慕住在这里的猫咪们。

贾科梅蒂看完后，把信递给她先生过目。无论何时，这种场面总是让我紧张。心脏怦怦地跳着，视线也不知该往哪里放，整个人坐立不安。

"谢谢你。"

最先出声的是贾科梅蒂的先生。夫妻二人对视一眼，点了点头。

"这封信没什么问题吧？"我诚惶诚恐地询问夫妻二人的意见。

"我觉得很完美。"贾科梅蒂沉稳地笑道。

"真想尽快让母亲看看，对吧。"说着，她看向丈夫，征求他的同意。

在此期间，大雪纷纷扬扬地下起来，仿佛凋谢的八重樱花瓣，一刻不停地从半空飘落。

我穿上外套，准备离开。若不尽快回家，说不定会被大雪堵在路上。

"不介意的话，请带上这个。"

临走时，贾科梅蒂给了我一片暖宝宝。

"本想多留你一会儿，可这雪下得实在让人担心。真抱歉，害你专程跑一趟。下次请来我家吃顿便饭。"贾科梅蒂诚心诚意地笑道。

我戴上外套的兜帽，走到室外。这回，我特意循着横须贺线的铁轨往回走，以防再次迷路。

生活在这片区域，没有私家车确实不便。房子大多紧贴着山脚而建，似乎要把山脚削平。

我猛地回过头，望了望贾科梅蒂的家。车库里停放着一辆私家车。我对汽车一窍不通，那辆车造型圆圆的，十分可爱。

或许明天一早，贾科梅蒂的父亲就会收到那封信。总之，我已尽人事，之后便祈祷一切顺利吧。

途中我准备搭公交车，可距离下一班车到站还有很长时间。最终，我只好步行回家。

这场雪出乎意料地下了很久，到处是厚厚的积雪。邮筒和地藏仿佛戴着棉花糖做的帽子。孩子们格外兴奋，尤其两个小的，堆雪人、造雪洞、用雪橇滑雪，尽情享受洁白的世界。

无论大人小孩，都纷纷穿上长靴，裹着厚厚的衣服，活像一个个雪人。路上经常有人滑倒。"滑倒"这个词，在应考生面前是禁忌语。

有一回，我在积雪的路上狠狠跌了一跤。真的和漫画里的滑倒方式一模一样。倒地的瞬间，四周响起笑声。好在有积雪做缓冲，即便摔得如此华丽，也丝毫感觉不到疼。

本以为下雪天不会有客人上门，没想到蜜朗的咖啡店迎来了空前的盛况。或许是被大雪营造的非日常气氛所感染，大家嘴里嚷着这天气不得了不得了，表情却十分欢快。即便独自赏雪，暖暖的葡萄酒也别有一番情调。

我想，要是就这样被雪封住，似乎也不错。某天，犹如猛地拉开窗帘一般，一望无际的蓝天映入眼帘，雪已经全化了。融雪汇成小溪，横穿过马路。

这样下去，天气将大幅回暖，梅花也会迫不及待地冒出年糕似的花蕾。

那些有雪做伴的日子，回想起来犹如幻觉。

QP妹妹进入备考冲刺阶段。我打算仿效贾科梅蒂一家，团结家人，共渡难关。

仰望蓝天时，内心会不知不觉地变得强韧，生出一往无前的勇气。

听说，贾科梅蒂的父亲在收到贾科梅蒂的母亲的离婚申请书与最后通牒后，立即在当天上交了驾驶证。

货真价实的离婚申请书果然奏效。贾科梅蒂的父亲既没有发怒，也没有哭闹，只是平静地办好手续，及时将车处理了。

贾科梅蒂的母亲大获全胜。

"以前，母亲绝口不提上交驾驶证的事，或许她的做法是对的。"贾科梅蒂在电话里用爽朗明亮的声音道，"她说很多年前，自己就预料到有这一天，也知道我们会很为难，她打算等这天真正来临时，一口气解决所有问题。在此之前，她故意什么都不说，只是静观其变。"

"太厉害了。"我说。

如此说来，再过不久，我便可以见到贾科梅蒂的母亲了。

"如果母亲也和我一样，为上交驾驶证的事在父亲面前唠唠叨叨，父亲反而会犟到底。正因为她没有这么做，那封信才能像撒手锏一样，发挥出最大的威力。说起来，一切全靠鸠子。真的非常感谢你。母亲说想当面对你道谢呢。"

那天夜里,为了送信,我撑着快要冻僵的身体,默默行走在空无一人的马路上。看来当时的辛苦没有白费。啊,太好了,我的心彻底放了下来。

"您父母打算再次去度蜜月吧?"我在电话里问道。

"父亲意气风发地表示,一切包在他身上,今天在家研究了一整天旅行指南呢。"贾科梅蒂神采飞扬地说。

"夫妻俩感情真好呀。"

上代与美村氏一定也曾憧憬过这样的关系。想到这里,我的鼻子莫名有些发酸。

"改日,母亲会临时回家一趟,到时我再联系你。方便的话,请来我家玩玩。"

听完贾科梅蒂的话,我笑着点了点头。

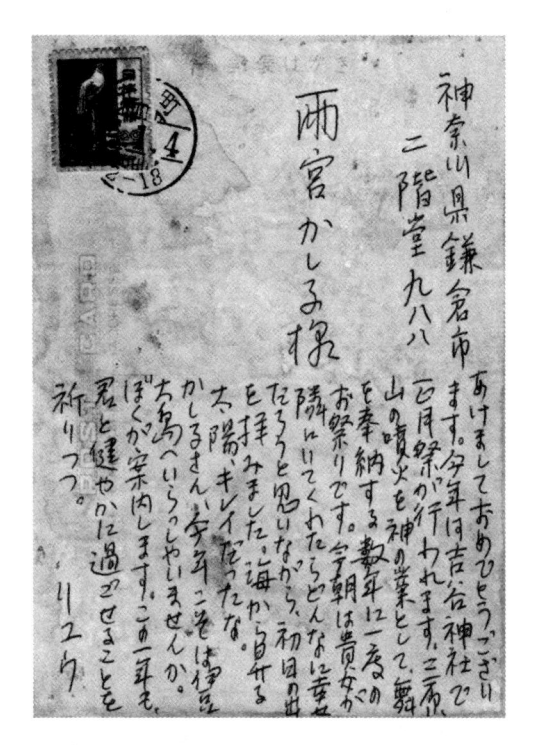

神奈川县镰仓市二阶堂九八八

雨宫点心子女士

　　祝你新年快乐。今年吉谷神社举办了正月祭,大家认为三原山的喷发是神明显迹,因此献上了祭神舞。这场祭典数年举办一次。今天清晨,观赏新年日出时,我暗暗想着,如果你能陪在我身边,该有多么幸福。太阳从海平面上升起,真美。

　　点心子,今年你会来伊豆大岛吗?让我担任向导吧。祝你健健康康地度过新的一年。

龙

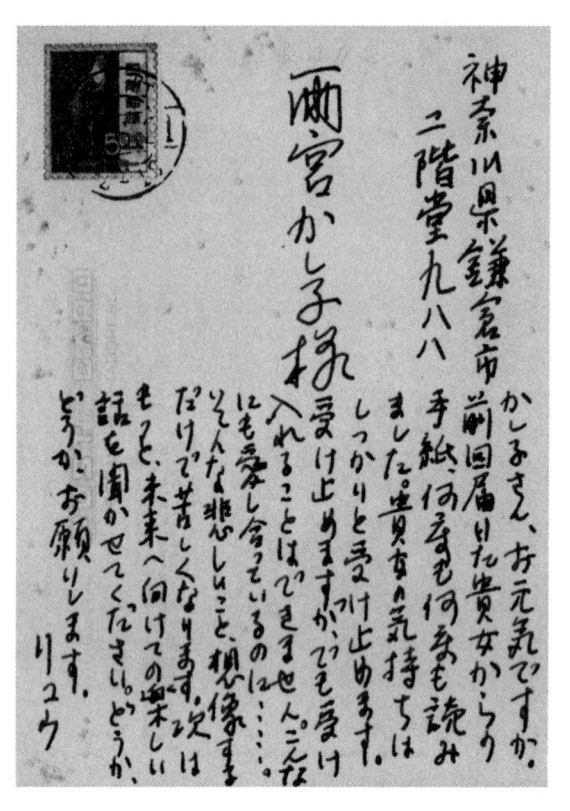

神奈川县镰仓市二阶堂九八八

雨宫点心子女士

  点心子，最近好吗？上回收到你的来信，我不知读了多少遍，也完全理解你的心情。虽然完全理解，但是恕我无法接受。我们明明如此相爱……那么悲伤的事，哪怕只是想想，也让我无比痛苦。下次来信，请你写一些充满希望的愉悦的话。拜托，求你了。

龙

我在别的书页间找到了美村氏寄来的另外两张明信片。

不知上代是随意将明信片当书签使用,还是夹着明信片的书页其实暗藏玄机。

我记不清它们当时夹在哪一页。就算想得起来,恐怕也很难解读上代留下的信息。

美村氏到底从大岛寄了多少封信给上代?

他寄来的明信片上没有写日期,邮戳上的日期也模糊到难以辨认,不过把这些细节串联起来,已经大致能够推断上代与美村氏的关系。

只要得闲,我便在上代的书架上一本一本地翻找,检查书页间是否夹着明信片。

有一天,我在《万叶集》和《古今和歌集》之间找到一封信。它似乎被上代随手插进两本书之间,而不是夹在书页里。

信封正面写着"美村龙三先生",附有美村氏的住址,并且贴好了邮票。邮票上绿色的梵钟令人印象深刻,面值是六十元,未盖邮戳。信封背面的寄件人地址是山茶文具店,寄件人则是上代。

如果这封信已被封口,我便打算对它不闻不问。然而,上代没有把它封起来。

也许她是想要再读一遍,或者另外塞些什么进去。总之,以这封信尚未封口为由,我从中掏出信纸,读了起来。

并且在心里默默感谢上代。

前略，非常抱歉。

你一切平安吗？

前几日，我从电视新闻中得知三原山即将喷发，于是日日守着电视关注当地情况。终于，那座火山在傍晚时分迎来了大喷发。

我们已经好几年，不，是十多年没有联系，突然寄去这样一封信，请你原谅。我非常担心美村先生的安危，甚至能用坐立不安来形容。

听说地震还将持续。我在镰仓也感觉到了些许摇晃。

黑烟升空，大地喷出赤色的火焰，这画面让我害怕得不停发抖。每当看到这段影像时，我便在内心祈祷你平安无事。

火山喷发似乎依旧活跃，接下来，熔岩可能涌向元町。记得那是一座港口小城，你便是在那里迎接我的吧。

认识的人告诉我，从神奈川县内地势较高的地方也能望见火山喷发。我听后万分焦虑，自卫队就不能快些出发吗？

此外，听说官方终于发布了全岛避难的指示。

总之，请在熔岩涌来之前赶快逃离。

漆黑夜色中，我连衣服也来不及换，睁大眼睛，望着东海汽船船只上的乘客，试图从中搜寻到你的身影。然而，我没有看见你。

希望你与家人平安无事。

希望你们能顺利搭上船。

此时此刻，我所期盼的就是这些。

雨宫点心子

美村龙三先生

前略。

听说有不少宠物猫狗被迫留在岛上，我也担心你家饲养的牛是否安好。

我从电视里看到，大岛海面的温度日益升高，海水变成赤红色。地震仍在持续，大地似乎并不打算安分下来。

刚才看到山崖崩裂的画面，我的眼泪立刻流了出来，止也止不住。与你手牵手走过的山茶隧道，你所喜爱的波治加麻神社，面朝大海点燃过篝火的砂之滨，还有你带我去看的那棵树龄八百年的山茶巨木。

念及过往种种，我心中苦闷不已。仿佛我们一起度过的时光也被熔岩焚烧殆尽。

你曾将三原山形容为御神火大人，如今我相信这是真的。

听说政府已将岛民们从避难地稻取转移至东京都规划的安置点。不知你与家人是否抵达体育中心？如果我去那里，能见到你吗？

哪怕一眼也好，我想亲自确认你的平安。我可以去探望你吗？

或许如今的情况非常糟糕，请你务必注意身体，保持心情愉快。

点心子

前略。抱歉打扰你。

这次火山喷发真是惊心动魄，不过，全岛居民能够顺利避难，是不幸中的大幸。我目瞪口呆地盯着地面蹿出的凶猛火舌，回忆起与你共度的时光。

从今以后，伊豆大岛会变成什么样子呢？

我听闻，岛民们仍旧盼着重返家园。想当初，大家连衣服都来不及换，仓促逃离，总算保住性命，我便感到非常难过。

避难所的生活如何？是否出现物资匮乏的情况？

我时常觉得，要是自己能够帮到你就好了，可转念一想，也许我的出现反而会给你添麻烦，于是一步也没法踏出。同时，我为自尊心极高却无比懦弱的自己，感到格外丢脸。

哪怕一句也好，我想听你亲口道一声平安。

点心子

信封里的信纸一共四页，分别写于不同的时间。无论写信用的笔，还是上代的笔迹，都有微妙的区别。

或许上代也曾打算寄出，但最终将其留了下来。那时，即便她把信寄去伊豆大岛，美村氏也无法收到，毕竟他们正在避难，家中空无一人。况且，岛上的邮递业务也已中断。

也许可以强行把信寄到避难安置点的体育中心，但上代到底没有选择这样的方式。

我查了下当时的情况，岛外避难指示大约在一个月后解除，在外避难的岛民纷纷回到大岛。也就是说，美村氏和他的家人也应该返回了他们住惯的伊豆大岛。

我试着揣摩上代的心情，当时她拿出一沓信纸，写下这些书信，心里究竟是怎么想的呢？

她一定想要赶去避难安置点探望他，实际上却没有去，不，应该说是想去而不能去。毕竟美村氏并非单身。说不定，上代害怕看到与家人一起避难的美村氏，因此，才以自嘲的口吻指责自己"自尊心极高却无比懦弱"。

冬马先生上次专程前来镰仓交给我的木盒里，装着好几封上代寄给美村氏的书信，事实上，其中有一封从未拆阅过。那封信和三原山喷发之际，上代写好却未曾寄出的书信不同，它确确实实曾被寄出，漂洋过海到达美村氏家中。

然而这封信，美村氏并未拆阅。

我看过邮戳上的日期，寄信时间不算久远。恐怕上代寄出这封信时，已是一位迟暮的老人。

也许家里还有美村氏寄给上代的其他明信片，不过我还是联系了冬马先生，向他汇报找到的书信。由于我已经把书架上的书从头到尾彻底翻过一遍，就算还有没发现的，可能也被上代收在了家里别的地方。

"我找到了美村龙三先生寄给外祖母的书信。"我给冬马先生发了一条信息。

"果然有啊！"很快，冬马先生回复了信息。

"两人的书信如何处理呢？"我回复他。

"我希望把这些书信烧给他们。"冬马先生提议。

这和我的想法不谋而合。

我对冬马先生解释了一下自己每年都会举行的书信供养仪式。于是，冬马先生很快发来信息。

"不如我们在旧历二月三日这天，为您外祖母和我叔叔搞一次特别供养吧?"

我立刻翻看日历,确定旧历二月三日是什么日子,结果发现,那天刚好距离 QP 妹妹中考结束没多久。从时机来看,也许非常合适。

"在哪里供养?"我急忙问道,连敬语都省掉了。

过了一会儿,冬马先生的回复来了,他也省掉了敬语。

"如果可以,我想在大岛举行。"

我想了一会儿,回复道:"可以,就这么办。我会带上两人互通的所有书信去一趟大岛。我们就在那里焚烧书信吧,我想外祖母也会乐见其成。"

的确,在两人的回忆之地供养那些书信,他们一定非常喜悦。

"不错呢。到那时,山茶也正值花期,我会带你在伊豆大岛参观的。那么,改日联系。"

我的内心躁动不已。虽然这并非见不得人的事,但是专程跑去伊豆大岛会见丈夫以外的男子,想想就有些尴尬,我莫名觉得口渴,很想喝水。其实,当天往返也不是不行,不过在那边住一晚,就能不必在意时间,好好面对上代与美村氏的旧影。

该怎么对蜜朗开口呢。

要是讲明来龙去脉，蜜朗一定会满口答应，笑着送我出门。可这样一来，就必须将上代那段隐秘的恋爱对蜜朗一五一十地说明。

无论如何，我都想在蜜朗面前为上代保守秘密，我觉得上代也是这么希望的。

一个星期后，蜜朗在深夜时分酩酊大醉地回到家里。

真的可以用烂醉如泥来形容。蜜朗和我酒量都一般。尽管酒量一般，我们却并不讨厌喝酒。只是考虑到喝醉后会放松警惕、耽误工作，因此，不管店里的客人怎样劝酒，我都婉言谢绝。没想到——

"小鸠，小鸠，波波——"

此时我已入睡，却忽然被蜜朗压在身下，他试图将冰凉的嘴唇覆盖在我的唇上，一股酒气扑面而来。蜜朗的皮肤和头发，带着浓郁的外面世界的气息。

他甚至不顾我的意愿，想把舌头伸进来，被我断然拒绝。即便是夫妻，不，正因为是夫妻，我才希望他分清时间场合。此刻，我毫无欲望做那种事。夫妻之间，在身体上强迫对方，是件让人非常不愉快的事。

大约他是一不小心喝多了吧。我没有太过在意，谁知接下来的两天，他仍旧喝得烂醉地回家。

我不知他遇到了什么事，心里有些不安。虽然在睡梦中被吵醒让我心情不好，但我也实在担心蜜朗。于是，我坐起身，打算听听蜜朗怎么说。

我披着上代生前喜欢的短外衣，打开被炉开关，给蜜朗倒了杯白水。然后，我让他面朝我坐着，钻进被炉。

"你怎么了？是发生什么事了吗？"我盯着蜜朗的眼睛问道。

闻言，蜜朗仿佛强忍疼痛的孩子，眼泪大滴大滴地涌出来。应付醉鬼可真麻烦，我苦恼地想着，把纸巾盒往他面前推了推。

"你光是哭，我也不会明白啊。"我说。已经很久没见过蜜朗哭了。

此刻的蜜朗，沉默如一枚贝壳。我实在很困，正打算上床睡觉，蜜朗嘴里却嘟嘟囔囔的，不知道说了些什么。

"咦？你说什么？我听不清。"我的语气带着些许不耐烦。

"小鸠，小鸠。"蜜朗再次像忍痛的孩子一样泫然泪下。

我被他搞得彻底失去耐心，语气强硬地说："所以你究竟想说什么？"

我这边每天照顾孩子们尚且忙不过来——真想这么抱怨一句。

"有什么明天再说，先睡觉吧。"

我刚站起身，蜜朗终于开口道："小鸠，你有喜欢的男人了？"

"啊？"我不由得大声反问，做梦也没想到蜜朗竟会问出这种没头没脑的问题。

"我有那个闲工夫吗？"我生气地反驳。

"因为，店里的常客说，去年秋天，看见小鸠和陌生男人在咖啡店其乐融融地聊天。"

听到这里，我彻底明白了。原来如此，隔墙有耳，隔障有目。镰仓就是这么一个地方。

原本以为在BUNBUN红茶店碰面的话，不会遇到熟人，谁知还是被人瞧见了。

"那个人根本不是你以为的那样。他是我的小学同学，上次是来镰仓站西口办事，顺便把以前借走的漫画还给我，仅此而已。"我不假思索地撒了一个谎。

"是吗？"蜜朗看着我，连鼻涕也忘了擦。好好一个大人，竟然哭成这样。

"那你为什么不说？今天要去见谁谁谁，你明明可以这样告诉我啊。"蜜朗一边用纸巾擦脸，一边控诉。

"都是成年人了，没必要一一汇报要去见谁吧。"我不悦地反驳道。如此一来，我打算去伊豆大岛留宿一夜的事，怎么都说不出口了。

"明天还要早起，我先睡了。晚安。"

"晚安。"蜜朗小声地回了一句。

然而，回到床上，我却迟迟无法入睡。

等蜜朗走进卧室，我才闭上眼睛假寐。由于他的鼾声很吵，我好几次摇晃他的身体，强迫他翻身。

天快亮时，我终于迷迷糊糊地进入梦乡。结果整整一天都在犯困，脑袋昏昏沉沉，像宿醉未醒似的。

和蜜朗结婚时，我和他曾约定，有件事绝对要保守秘密。那便是他的前妻美雪的真正死因。

事发当时，QP 妹妹未满两岁。有一天，美雪带着 QP 妹妹在超市购物，一个陌生男子持刀从后面赶上来，捅伤美雪，害她丢掉了性命。

也是这个原因，QP妹妹第一次跟我走进超市时，似乎很想快点离开，神情也有些异样。

后来她渐渐长大，总算可以正常地走进超市，似乎已经记不清当年发生了什么。

我想大概所有母亲都会这样做。美雪牺牲自己，保护了年幼的QP妹妹，却不希望QP妹妹知道。我和蜜朗始终这么认为。

因此，我们发誓不让QP妹妹知道真相。要是QP妹妹问起母亲去世的原因，我们就回答是交通意外。关于美雪真正的死因，我们绝对绝对不会告诉她。或许，蜜朗搬离高知，远走他乡，也是基于这个考虑。

我在心里如此猜测着。

QP妹妹十分清楚，我并非她的亲生母亲。她在刚刚进入叛逆期的时候，曾拒人于千里之外地冲我说："反正和你没有血缘关系，我的事你就别啰唆了。"

现在回想起来，这句话依然如同荆棘，刺进我内心最柔软的地方。

遇见蜜朗那会儿，QP妹妹五岁。因此，哪怕她已忘记在她两岁时去世的生母的所有记忆，也一定知道我是外来者。况且，我家一直供奉着美雪的佛坛。

另外，夸张点说，我和QP妹妹已经共同生活近十年。

有时连我自己也忘了她并非我亲生的，或者说，是否亲生根本不重要。毫无疑问，QP妹妹就是我的亲人。

我可以理直气壮地断言，亲人之间的羁绊，靠的不是血缘，而是时间。不过，我与QP妹妹并非亲生母女，这也是不争的事实。

结婚时，我和蜜朗曾担心QP妹妹问及美雪的死因，可她一次也没问过我，应该也没问过蜜朗。

时间在忙碌中过去，QP妹妹中考的日子渐渐临近。她的叛逆期依旧没有结束，但过激的言行暂时停止了。

如果说之前的QP妹妹是球栗，那么如今的她就像蔷薇。去年暑假，她完全无视我的存在，最近慢慢地愿意和我说话，起码问她三句，她会回答一句。这是很大的进步。

有天早晨，我正在厨房洗东西，QP妹妹蹿到我身边，突兀地问道："那个，假如我考上高中，可以玩冲浪吗？不如说，我已经决定这么做了。"

她已很久没有一口气对我说这么多话，哪怕话尾带刺。只是，听她忽然提起冲浪，我一时间不知如何回答。

"和爸爸商量过了吗？"我问，并未停下洗东西的动作。

"爸爸说，他会教我冲浪。"QP 妹妹板着脸回答。

"那不是很好吗？可以和爸爸一起入海。"我说。

"真的可以？"QP 妹妹睁大眼睛。

"我觉得挺好呀。"我回答。

"还以为你肯定不同意呢。"QP 妹妹道，视线定定地投向别处。

"不过在此之前，考试必须合格。"这句话我到底忍住没说，不想因为多余的说教，让我们的关系更加疏远。

"时间来得及吗？"我看了看时钟，问道。

"啊，得走了。"QP 妹妹冲向玄关。

不知不觉间，她已经长这么高了，身上的裙子看起来很短。

"路上小心。"我在她身后喊道。

"我出门了。"QP 妹妹用男孩般低沉的声音嘟哝着，依旧没有转过身。即便是这么冷淡的一句，也胜过一言不发。我的心情不由得明朗起来。

如此像模像样的母女间的对话，真是好久不曾有过了。我开心得想当场跳起来。

按理说，这个清晨与以往每一个清晨并无不同，却给我一种全新的感觉，或者夸张地说，让我产生了崭新的时代即将来临的壮阔心情。

像平时一样送走QP妹妹后，我立刻开始提笔写信。事不宜迟，趁这种感觉尚未消失，我想把它们封进言语的胶囊里。

为了让QP妹妹振作精神，我选择了平时不常用的紫色墨水，自己也有种回到初中时代的感觉。

给QP妹妹：

  备考辛苦了。每天晚上，你都学习到很晚，真的非常努力。

  明明没有睡够，早晨却总是按时起床，从不迟到，很了不起。这些妈妈都看在眼里，十分感动。

  不知为何，突然想给你写一封信。

  现在大概是午饭时间吧，所以你才有空读一读这封信。如果还饿着肚子，不妨先把便当吃了。吃饭可是很重要的事。

  与QP妹妹成为家人，共同生活在这个家里，已经多少年了呢？

  记得QP妹妹读小学一年级时，每天背着大大的双肩包去学校，那情景至今历历在目，仿佛发生在昨日。

  这些年来，QP妹妹没有受过大伤，也从未生病住院，转眼间便平平安安长到这么大了。妈妈觉得，这是子女对父母最好的孝顺。

  谢谢你健健康康地长大。

  能与QP妹妹成为家人，妈妈真的真的非常幸福。

  祝你能够顺利通过这次入学考试，离自己的梦想更近一步。下午的考试也请全力以赴。妈妈支持你！

又及：

考试结束后，能和妈妈单独去伊豆大岛旅行吗？

妈妈必须去那里办一件事。

仔细想想，妈妈还从未和QP妹妹单独旅行过呢。

让我们把这趟旅行当作毕业纪念之旅吧。

至于具体情况，稍后会另行通知哟。

妈妈　上

我选择了山茶文具店在售的一款稍显可爱的信封，上面印着人气插画师所画的图案。我将信纸装进信封，再用贴纸封口。

考试当天，我把提前几日写好的这封信，连同QP妹妹在考场吃的午饭便当一起放进她的书包，并未特地叮嘱什么。

只是，想要给QP妹妹写一封信的愿望非常强烈。

这一年来，虽然我们缺乏正常母女间的交流和举止，但这些也正是我不去刻意触及的东西。

我给冬马先生发了信息，说自己可能会带着初三的女儿同去，也告诉蜜朗我希望和QP妹妹单独出门旅行。

我知道，哪怕自己主动邀请，QP妹妹也不一定会来。到时候再说吧，我下定决心地想。

旧历二月三日终于到来。

开年以来，我便收到许多用于书信供养的信件，其中还有从国外寄来的。这些书信当事人自己无法处理，于是由我在庭院里代为焚烧供养。

上代生前兢兢业业举行的这种仪式，虽说轮到我这一辈，就算废止也毫不奇怪，但我希望能将书信供养仪式继续下去。

眼看寄来的书信逐年减少，不过并非一封也没有。只要还有人寄来书信，我就一定会继续举行仪式。

由于今年要赶去伊豆大岛举行一次特别的书信供养，于是出发前，我完成了常规的供养仪式。

我提着满满一桶水来到后院，在檐廊上将书信分门别类地整理好。捐赠用的邮票，也已事先沿着边缘整齐地剪下。

接着，我将书信堆成小山，混入干燥的落叶枯枝，以小火点燃。随着次数的增加，我点火的动作越发娴熟。这次也十分顺利，一点即燃。

看着燃烧的火焰，我想起一桩旧事。

那时我刚回到这个家不久，像这次一样，在旧历二月三日这天举行书信供养仪式。住在隔壁的芭芭拉夫人忽地探出头来，说既然你在烧东西，不如帮我烤一下年轮蛋糕吧。

我答应下来，结果，她把饭团、土豆、炸鱼肉饼、卡芒贝尔奶酪也一起拿来让我烤。中途，我们甚至喝起了芭芭拉夫人带过来的玫瑰红香槟。那是一次非常愉快的书信供养。

回想十年前，我在镰仓孑然一身。与芭芭拉夫人的邻里往来，勉强算是一种富有人情味的交流。

然而，不知不觉间，我的周围有了家人。

刚继承山茶文具店时，我独自一人住在这所古老的日式民居里，渐渐地，家庭成员一个接一个地增加，如今更是五人同住一个屋檐下。仔细想想，这十年过得可谓跌宕起伏。

从前，山茶文具店的客人大多是陌生人，如今却有许多熟知彼此脾气的常客，比如男爵、可尔必思夫人、小舞等。

我是一个非常幸运的人。

这样想着，加上烟熏的缘故，我的眼眶不由得有些湿润。

拜托了，烧烤店店主。我使劲挥舞着团扇。

言灵伴着烟雾，飘向三月清晨的天空。

昨天夜里，我把碰面的详细地点写在纸条上交给QP妹妹。QP妹妹上午要回学校参加毕业典礼的协商会，我也打算提前出门，为冬马先生挑一份见面礼。因此，我决定在东京的竹芝客船总站与QP妹妹碰面，从那里搭乘汽船前往伊豆大岛。

QP妹妹已经十五岁了，独自搭乘电车并非难事。

为了让她放学后不慌不忙地赶到东京，我买了下午出发的船票。从竹芝客船总站乘汽船到伊豆大岛，大约需要一小时四十五分钟。热海也有开往伊豆大岛的汽船，耗时不及前者的一半，可惜出发时间不太合适。

寄来的书信全部焚烧完毕，我仔细将桶里的水淋在上面，确保火已彻底熄灭，然后来到文冢前，向书信之神汇报今年也顺利完成了书信供养仪式。

野生山茶开得如火如荼，仿佛正在讴歌这世上的春天。花朵不是赤色，不是朱色，也不是酒红色，它们呈现一种独特的美丽红色，星星点点地撒满整片绿色的树冠。

我轻轻抚摸着野生山茶的树干，喃喃道："我出发了。"

刹那间，我仿佛看到坐在山茶树枝上，优哉游哉晃着脚尖，尚是个疯丫头的上代。我回到家，换好衣服，清点了一遍行李，做好出发的准备。

蜜朗已经去了店里。最终，我还是没有告诉他上代那段隐秘的恋情。

上代与美村氏互通的书信和明信片全都装在木盒里，我用包袱巾把盒子包好，放在旅行包的最底部。唯独这件事，无论如何不能忘记。

再次检查一遍家里的电源，我便锁上门出发了。

已经很久没有搭乘开往东京方向的横须贺线。

在新桥下车，稍微步行一段便到竹芝客船总站。从镰仓站乘坐电车前往东京，大约需要一个小时。

给冬马先生的见面礼，我挑的是鸽子饼干。伊豆大岛在行政区划上属于东京都，相比东京的特产，我觉得他会更喜欢镰仓本地的东西。因此，去车站的路上，我顺道走进丰岛屋本店。

可能这份礼物稍显乏味，但我实在想不出镰仓有什么点心能够胜过鸽子饼干。当然，作为镰仓的代表性糕点，焦糖核桃糕也很不错，相较之下，仍是鸽子饼干更胜一筹。我随身带了些小鸠豆乐，打算在船上吃。

我站在栈桥上等待 QP 妹妹。结果，直到汽船即将离港，她都没有出现。QP 妹妹并未回复我说一同前去，我也只是告诉她，如果愿意就来吧。

莫非她在路上发生了意外？我心里掠过一抹不安，转念一想，又觉得不大可能。

我按时上了船，没有继续等她。尽管买了双人份的船票，没办法只好浪费一张。是我任性地期待这场两个人的毕业纪念旅行，QP 妹妹根本毫无兴趣。

这场旅途，到底还是变成我独自一人。

不过，QP妹妹一定没问题的。

我坐在汽船上，透过窗户望着渐渐远去的栈桥，在心里说。

原本我就必须独自前往伊豆大岛。拉上QP妹妹，把它变成毕业纪念旅行，果然还是太过草率，我在内心反省着。

汽船很快离港。

不愧是汽船，竟然能够以每小时八十公里的速度，平稳地行驶在海面上。春日柔和的阳光，爱抚一般照射着东京湾。

我把装着情书的木盒放在膝盖上，解开包袱巾。

事实上，这里面还有一封信我没看过。就是那封上代寄给美村氏，而他来不及拆阅的信件。

一开始，我并不打算去看。既然信不是寄给自己的，那么不读，就是一种礼节。

然而，随着时间的流逝，我的心情出现些许变化。

也许是我的擅自解读，总觉得上代其实希望我和冬马先生知晓，或者说理解她与美村氏的关系。

哪怕只有一个人也好，上代一直盼着有人能够以第三者的立场，承认她和他的爱是真实存在的。为了实现她的心愿，我和冬马先生才会这样两地奔走。

我拿出从家里带来的便携拆信刀,稍稍用力,划开信封的封口。

刹那间,我有一种错觉,信封里似乎飘出上代的残影。

不,不对。我确信自己感受到的,是沉睡在信封中的上代的气息。

信纸被漂亮地折成三折。我展开信纸,慢慢读起来。

这封信之所以未被拆阅,或许是因为上代寄信时,美村氏已经离开人世。

而上代一无所知,仍旧写下了这封信。

龙先生，自那以后，又过去很多很多年。岁月越是流逝，与你共度的记忆越是鲜明，这令我感到不可思议。

时至今日，给你寄去这样一封信，我知道是非常失礼的行为。上一次写信给你，是几十年前的事了，想必如今你早已忘记我的名字和长相。

此刻，我坐在医院的病床上写信。再过不久，我将离开这个世界。

我犹豫了很久要不要写信给你。

医院的中庭种着夏山茶，眼下它们开出美丽的花朵。看着这些花，我不由自主地想起你，满脑子都是你现在过得好不好，身在何处，眺望着怎样的风景。

（也许是止痛药起了作用，我现在有些困乏。稍微休息一下，醒来继续写。）

十分抱歉。

刚才忽然想起，在伊豆大岛时，你执意要喂我吃咸圆鲹鱼干。那天，你在家提前烤好咸圆鲹鱼干，做成海苔卷，特意带来我住的旅馆，我却赌气地不肯张嘴。

它们闻起来很臭，令人毫无食欲，更何况，我一点都不想吃你在自家厨房做的东西，因为那里是你与家人共同生活的地方。当时，我们似乎小小地吵了一架，不过双方都觉得把如此宝贵的时间用来吵架，真是太浪费了，于是很快和好如初。

那时，我们还是二十多岁的年轻人。

也许当年太过喜欢你，只觉与你在方方面面格外相称，我们的身体和心灵无比契合。一切美好到让我害怕。

然而，我亲手斩断了与你之间的缘分。

为了断绝关系，我甚至经历了怀孕、分娩。

从那以后，我们再也没有见过面。

昭和即将结束时，三原山喷发。当时，我非常担心你的安危，记得还给你写了信，最终却没有寄出。

你有你的人生，我有我的生活。

事已至此，即便我恬不知耻地出现在你面前，也没有任何意义。说什么想要挽回逝去的时光，真是非常荒唐的想法，也根本不可能实现。

我们只能往前走。往前走，终有一天迎来死亡。我认为，"活着"就是这么回事。

此时此刻，给你写着这封信的自己，还真是不到黄河心不死呢。我承认自己始终不够成熟。

最近在病床上，我反复写着《伊吕波歌》。最初只是为了打发时间，解解闷。

可是有一天，我忽然领悟了这首歌的深意。

这是一首多么深奥的歌谣。

花色绮，终得谢。

躺在病床上，望着窗外的夏山茶，我切实领悟了什么叫作诸行无常。

此生已别无所求。

只盼你能知道，我的内心对你充满感激。

回顾这一生，与你相处的时间仿佛只是短暂的一瞬，然而，正是那瞬间的光芒让我支撑着自己，走到生命的终结。

发自内心地感谢今生曾经与你相遇。

愿你拥有美好的人生，直到生命的最后一刻。

雨宫点心子

美村龙三先生

> 花色绮，终得谢，
> 世间事，谁常在？
> 凡尘深山今日越，
> 不留浅梦驻此心。

最后一张信纸上，上代以汉字写下了《伊吕波歌》。

眼前铺满上代那令人怀念的字迹。仿佛上代就在那里，向我伸开双臂。

上代仍旧活在这封信里。

我一遍又一遍地读着《伊吕波歌》。

我想，它是上代留下的人生最后一封情书。

我愿再次为上代那干脆利落的一生，鼓掌喝彩。

明
日
叶

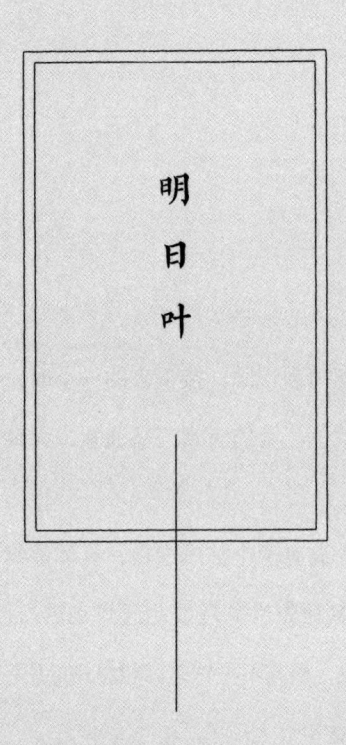

山茶的情书

汽船载着我在海面行驶，接下来的一小时，我迷迷糊糊地打起了盹。睡意蒙眬间，隐约听到广播通知，大致是说今日汽船将停靠冈田港。

汽船在伊豆大岛有两个泊岸港口，具体停靠哪一个，视当日海浪情况而定。冬马先生也是按此通知来港口迎接。我回过头，睁大眼睛仔细眺望，根本不见竹芝客船总站的影子。

"我们就快抵达伊豆大岛了。"

我对放在大腿上的木盒说。那些书信，此刻正相亲相爱地躺在盒子里。

——我觉得他们是相爱的。

脑海里掠过冬马先生在BUNBUN红茶店里说的这句话。

的确，那两人用自己的方式，时而安静时而激烈地爱着对方。爱情，本就拥有各种各样的形式。

汽船开始减速，逐渐靠近冈田港。此时已能望见高耸的码头。

"你们很快就可以融为一体了。"

我再次对这些书信轻声说，接着用包袱巾仔细包好木盒，放回旅行包最底部。天空中覆盖着厚厚的云层。

我下了汽船，跟随乘客们往前走。一名男子从轻型卡车上下来，冲我挥手。

一开始，我完全没认出他是冬马先生。我们在镰仓的BUNBUN红茶店会面时，他根本不是这样的气质。此时的他头发乱蓬蓬的，浑身充满野性的味道。我一眨不眨地打量着他，过了一会儿终于认出他来。

"好久不见。"

"船晃得厉害吗？"

"不碍事。"

一番简单的寒暄后，我坐进轻型卡车的副驾驶座。

"你女儿呢？"冬马先生发动了卡车，问道。

"她不来了，这趟旅行就我一个人。"我言简意赅地解释道。

山茶的情书

"太可惜了。"冬马先生说,"本来还想带你们去看看漂亮的山茶呢。"

轻型卡车在公路上疾驰。

"请多多关照。"

"彼此彼此。"

听着冬马先生的声音,我情不自禁地想,蜜朗现在在做什么呢?在伊豆大岛,时间的流速与镰仓截然不同。

轻型卡车朝海岛南面驶去。

"你刚过来我就这样要求,真不好意思。不过,我们还是先办正事吧。"冬马先生道。

"说得也对,先完成书信供养吧。我原本便是为此而来的。"我赞同地说。

伊豆大岛给人的第一印象绝不华丽,怎么形容呢,看上去有种影影绰绰的感觉。

也不知岛上有多少居民。刚才坐在车上,我粗略地瞥了几眼,不少房屋都是空置状态。

"你是第一次来伊豆大岛吗?"冬马先生一边转着方向盘,一边问道。

"是的，我都不知道它离东京这么近。"

轻型卡车驶过褪色的商店街。大部分店铺都放下了卷帘门。

"如果坐飞机，只要二十五分钟就能到东京。话说回来，这里本来也属于东京都。"

"飞机也不错，不过这次我打算坐船。"

聊着聊着，我发现四处都种着山茶树。

"这里果然有很多山茶啊。"

我掩饰不住满心的喜悦，喃喃自语道。光是看着这些山茶花，内心就感到幸福。

"据说这座人口七千的海岛上，种着三百万棵山茶树。山茶可是很强韧的，为了防风，岛民们在自家周围和稻田外围都种着山茶树。毕竟是海岛嘛，风大得不得了。而山茶树的根在地下盘根错节，使得地面部分不容易被吹倒。"

"好像山茶叶也挺顽强的。镰仓我家种的那棵山茶，台风天别的树都被刮倒了，它却一动不动。"我说。

"山茶全身都是宝。花瓣既能制成果酱，又能作为染料。树枝可以当柴火烧，哪怕是烧成的灰，也可以用来给陶瓷上釉。叶子夹在糕饼里还能食用。"

"山茶饼很好吃呢。"

说着，我想起那用翠绿的山茶叶包裹着的淡红色糕饼。

冬马先生微微一笑。

"夏末时节，山茶结果。岛民们会在树下收集掉落的果子，晾晒一周后卖给相关厂商，由厂家加工提炼出山茶油，这也是岛上的产业之一。"

弯道接二连三地出现，冬马先生灵巧地转动着方向盘，对我解释道。

"山茶的优点数也数不尽，不仅面对强风不屈不挠，而且开出美丽的花朵供人观赏。"我说。

"因此在岛上，岛民几乎不会砍伐山茶树。大家都很爱护大岛的山茶。"

说到这里，冬马先生露出慈爱的目光。

"听你这么说，我非常开心。毕竟我家的店铺，就叫山茶文具店。"

车窗对面的大海美不胜收。云朵间漏出的日光犹如图腾柱。

"山茶文具店这个店名，是怎么来的呢？"冬马先生时不时望一眼大海，朝我问道。

"以前我一直以为，因为店门口有棵象征性的山茶树，所以它被唤作山茶文具店，现在却明白了，这是外祖母特意取的名字。这次的事情，让我了解了外祖母与美村先生的恋爱，而且美村先生出身伊豆大岛，伊豆大岛既是山茶之岛，那么山茶文具店的'山茶'二字，寓意一定非常深刻。刚才在车里观赏大岛风景的时候，我就在思考这些。"

以前我单纯地认为，店门口的山茶树便是山茶文具店店名的由来，事实上却没这么简单。

"顺便问问，那棵象征性的山茶是什么品种？"

"是花朵呈单瓣鲜红色的野生山茶。"我回答。

"这样啊。我叔叔的手很巧，什么东西都会自己做。有段时间，他曾专心培育山茶的新品种。"

"是吗？"

"山茶的培育很简单，因此新品种不断出现。我想，那棵山茶说不定是叔叔特意为鸠子的外祖母培育的。山茶啊，仅靠插枝就能长得很好。"

"这么一说，简直太浪漫了。记得外祖母曾告诉我，那棵山茶来自元八幡神社的山茶树，现在想来，她是为了隐瞒美村先生的存在，对我撒了谎。"

"如今两人皆已过世，也没法求证了。不过，我们姑且相信这就是真相吧。"

"说得没错，虽然不一定是事实，但我觉得真相就是如此。"我平静地赞同道。

"到了。"冬马先生从环岛公路拐进一旁的小道，将轻型卡车停在停车场。

"风很大，你多穿些衣服。"冬马先生说。

为了防寒，我穿上了最厚的衣服。如他所言，风像挥舞的鞭子一样毫不留情地吹着。

而在风中守护我们的，正是山茶。这样想着，我对山茶越发尊敬起来。

我从旅行包中取出装着上代和美村氏写给对方的情书的木盒，抱在怀里。冬马先生则手捧一大束花。

我跟在他身后，朝浪花翻涌的海滩走去。松树下，成片成片绽放着黄色的可爱小花。

"这是矶菊，很可爱吧。"

见我驻足观赏，冬马先生解释道。

我抓住冬马先生的手,走下海滩。海滩上全是漆黑的沙子,仿佛置身夏威夷岛。

"这些都是三原山喷发时的喷出物,颜色黑黢黢的。玄武岩里含有铁元素,可以用磁铁吸住呢。海龟也来这附近的海滩产卵。"

"这里叫什么滩呢?"我问。

"大家都叫这里砂之滨。"冬马先生说。

"莫非写作砂石的砂?"我按捺住兴奋的心情,问道。

"没错,就是砂石的砂,砂之滨。"

果然如此。火山喷发时,上代挂念美村氏的安危,在写给他的慰问信中,曾提到两人燃过篝火的海滩,当时她便将之写作砂之滨。

"我去搬几块大石头过来。鸠子可以捡些树枝做柴火吗?"

我听从冬马先生的指示,简洁地回答了一句:"好的。"

似乎到了涨潮的时刻,海浪不断涌来。

漆黑的砂之滨上,到处散布着圆形的石头。往回望,能够看见三原山轮廓清晰的山脊。本以为三原山是座高山,没想到如此低矮。

大海对面的岛屿都是什么岛呢?以那座状如好时之吻巧克力

的三角形岛屿为首,数片岛影连成一线。这里除了我和冬马先生,再无他人。

我慢慢在海滩上走着,捡拾细小的树枝。冬马先生所在的地方,已经升起袅袅的烟雾。天色渐晚,日头比我刚到那会儿西沉了许多。

"我再去捡一些。"我把捡来的树枝放在冬马先生面前,对他说。

"应该差不多够了,坐下来喝杯茶吧。"

冬马先生从篮子里取出便携水壶,往纸杯里倒入茶色的液体。

"这是明日叶茶,不知合不合你的口味。明日叶是岛上的特产,可以的话请尝尝,听说对身体很好呢。"

说着,他将纸杯递给我。纸杯的颜色很漂亮。

我向他道谢,然后接过杯子,喝了一口明日叶茶。茶汤的热气扑面而来,沁人心脾,类似红茶的独特味道让身心得到疗愈。

"茶很好喝,身体也暖和多了。"迎着茶汤的热气,我说。

"不介意的话,这里还有甜甜圈。"

找不到理由拒绝,我依言尝了尝甜甜圈。

咬上去的瞬间,一股令人怀念的味道在口腔中扩散开来,我想起和上代在以前的家的茶室里一起品茶的情景。这个甜甜圈，说不定是冬马先生亲手做的。

尽管这样想着，我却什么也没说，只是默默吃着。甜甜圈里似乎放了香料，和明日叶茶很搭。

"其实，外祖母和美村先生也曾来过砂之滨。"

我喝了一口明日叶茶，望向大海，考虑再三，将刚才的重大发现告诉冬马先生。

"火山喷发那会儿，外祖母给美村先生写了一封信，不过最终没有寄出。她在信里说，两人曾在砂之滨燃过篝火。"

此刻，我和冬马先生做着同样的事。

"你要看看那封信吗？"我解开木盒的包袱巾，朝冬马先生问道。

"不用了。"冬马先生沉默一会儿，轻声答道。

我把装有情书的木盒放在膝盖上，双手环抱着它。

"大岛的火山喷发时，鸠子在做什么？"

"我查过火山喷发时间，比我出生早了一年。"

"这样啊。我那时还很小，记忆有些模糊。当时，我家住在东京，叔叔一家曾来我家避难。不过，都是很久之前的事了。"

也就是说，冬马先生比我年长。在 BUNBUN 红茶店初见时，我曾猜测自己比较年长。因为他长着一张娃娃脸，所以我始终以为他的年纪比我小。

"是吗？原来没有一直待在体育中心避难啊。"

这意味着，就算上代为了确认美村氏的平安，鼓足勇气跑去体育中心，也根本见不到美村氏。

"那时，叔叔的太太似乎身体不大好，便在我家住了下来还是怎么，我记不清了。在体育中心，每人只能分到一铺席大小的地方，对孩子们来说，避难所的生活压力很大。"冬马先生有些含糊其词地说。

"您叔叔是怎样的人呢？"

那是上代爱了一生的人。我有些好奇他是一个怎样的人，想要多听听与他有关的事。

"叔叔是非常温柔的人。当年，政府发布全岛避难的指示后，叔叔家正养着牛，是当宠物在养。因为舍不得那头牛，所以他抵抗到最后一刻，才万般不愿地离开大岛。听说住在我家时，想起牛，他就泣不成声。"

"外祖母也在信里提到过他养的牛。"

"除了猫猫狗狗,大岛也有许多牛马。如今,岛民们依然把这些牛啊马啊视为自己的孩子般疼爱。总之充满人情味,或者说,人和动物之间的感情很深。我觉得,叔叔当时一定很难过。虽说留在岛上的消防人员会不定期巡逻,给它们喂吃的,但毕竟精力有限。叔叔说他每天都要对那头牛说说话,带它出门散步,非常疼惜它。那时,岛上有不少牲畜下落不明或者死去,连三原山那些作为游客坐骑的马匹都不知跑去了哪里。有人明知火山可能再次喷发,也还是继续养着,因为它们实在很可怜啊。"

"这么听起来,可真不容易。"

发生重大灾难时,倘若无法带着宠物一起避难,有的人就会选择陪它们留在家里。

"可是,火山不知什么时候就会喷发,住在岛上难道不害怕吗?"我问冬马先生。

"岛外的人都很害怕火山喷发,但岛民不怕。因为大家都知道,这里的火山每隔三十五年到四十年才喷发一次,某种程度上说,是可以预测的。对岛民而言,火山喷发也是日常生活的一部分。三原山的火山灰,大家尊称为御灰。"

"御灰,这个称呼还真夸张啊。"

冬马先生重重点了点头。

"当然，不可否认的是，火山喷发会毁掉家园，破坏人们珍视的一切事物，搞不好还会夺去人的生命。但是，如果老担心火山喷发的话，在这里是没法生活的。因此，我学会了积极看待火山喷发这件事。"

"积极看待？"

"没错，你想想，对这里的植物而言，每隔四十年就会出现一次大清场，熔岩流经之处，所有植物都会死掉，对吧？可是呢，植物非常顽强，在熔岩凝固的土地上，它们一定会再次发芽。一切重新来过，新的世界再度诞生。我觉得这很了不起。嗯，我能这么说，大概也是因为我是从岛外搬来的，还没真正见识过火山喷发的大阵仗。不过，有时我会去树海的森林里冥想，总能感受到这些。只要活在世上，总有某些时刻，我们希望一切归零，从头来过不是吗？可人类缺乏勇气，很难真正做到重启人生。眼前的大自然却不同，它可以堂堂正正地做这种事。因此，我非常尊敬三原山。"

冬马先生语气热切地说。

"岛上有树海吗？"

"有的，听说江户时代一次火山喷发，造成大量熔岩覆盖地表，之后那里的植物越长越茂密，变成了如今的树海。我挺喜欢那里。今晚鸠子留宿的旅馆离树海也不远哟。"

"我想去看看。"我说。

既然是冬马先生喜欢的地方，我便更加有兴趣了。

哪怕聊天时，冬马先生手上也没闲着，一直在调整篝火火势的大小。

一开始，火堆里只有零星几簇火苗，现在已经燃起耀眼的火柱。

多亏有它，我感到很暖和。一度冻僵的身体也恢复了正常。

"当地人管三原山叫御神火大人，是司火的神明。"

御神火大人这个叫法，在上代和美村氏寄给彼此的书信里也出现过。

"时间差不多了，开始吧？"我说。

夕阳即将没入海平面。

我打开木盒盖子，把装有情书的木盒摆在我和冬马先生中间。放在最上面的，是上代在生命最后时刻所写，而美村氏绝对没有读过的那封信。

"从上面开始，一封一封地烧吧。"

说着，我拿起上代写下的人生最后一封情书，放入火堆。

情书在我与冬马先生的注视下蜷缩起身体，逐渐被火苗吞噬。上代写下的每一个字，都飞向伊豆大岛的天空。

接着，轮到冬马先生。他用粗大的手指拈起美村氏寄给上代的明信片，火苗却怎么也燃不起来。

忽然想起，当初我没有参加上代的葬礼。"葬礼"一词其实有些夸张，按寿司子姨婆的说法，那是一场由家里亲戚举行的家族葬。不过，我并未赶赴现场。

假如我能在上代生前去医院探望她，陪她说一两句知心话，是不是结果便会有所不同？是不是就能改变上代的人生和我的人生？

可惜，我无论如何也没能赶去见她。因为缺乏勇气。如今，我与她已成永诀。

对我来说，此刻的这场仪式，正是为了让我与上代好好道别。

刚才冬马先生提到了重启人生，也许在这片砂之滨，我也重置了自己与上代的关系。

"真是一手潇洒的好字啊。"冬马先生凝视着信封上上代写下的名字，感叹道。

"在我看来，她是个了不起的人。"

我俩共同握住最后一封信的左右两端，放在火堆上引燃。那是美村氏写给上代的明信片。

"这样一来，肩上的担子总算放下了。"我看着被火苗吞噬的明信片说。

"是啊，要是我们不在了，这段山茶的恋情也就彻底湮没在黑暗中。"

耳边响起冬马先生的声音，我握着纸杯，喝掉最后一口明日叶茶。

冬马先生继续道："孩提时代，我经常到这片海滩游泳。每年夏天，我都独自乘船来伊豆大岛，借宿在叔叔家。我觉得，是那些在伊豆大岛度过的夏天，让我维持了自身的平衡。"

"原来如此。那么，对冬马先生而言，伊豆大岛就像您的故乡一样。"

这座海岛上处处都是自然风光，我十分羡慕他能在这里度过整个夏天。

"不知是不是因为火山喷发后，叔叔一家曾在我家避难，从那以后,他便对我照顾有加,格外疼爱。我也很喜欢他。不过,我做梦都没想到叔叔心里藏着一位深爱之人,那封写着'机密'二字的信件居然被我找了出来。我想,或许他也希望那封信能被谁发现吧。如今,我肩上的担子也算是放下了。感谢你这次专程前来大岛。"

原来,冬马先生的想法与我不谋而合。上代与美村氏大约希望我们明白,她与他曾经相爱过。事到如今,我也只愿这样想。

夕阳仿佛将在下一秒沉入大海。我与冬马先生一道,见证了夕阳在最后一刻的模样。

太阳落山后,风变得更加寒冷。我将手放在尚未熄灭的篝火上方,烤火取暖。

"明天搭船回去之前,去一趟波治加麻神社吧,我想跟叔叔汇报一下,我们顺利举行了书信供养仪式。那里是叔叔老家的神社。"

记得上代似乎在信里提过关于波治加麻神社的事,不过现在已无从查证。书信供养仪式的火苗,几乎熄灭殆尽。

见冬马先生站起身,我也慢慢起身。我们踩着漆黑的沙子,越过海边低矮的山丘,一步一步蹚水般往回走,脚下再次出现被沙地抓住的感觉。

"旅馆包餐食吗？"冬马先生边走边问。

"只包含早餐。"我回答。难得来伊豆大岛住宿，原本我打算夜里和 QP 妹妹一起在镇上闲逛，看看哪家店有好吃的。

"那么，来我家吃晚饭吧？虽然都是很普通的家常菜啦。岛上夜里营业的店铺很少。"

"可以吗？谢谢。"

其实，我正考虑怎么解决今天的晚饭。如冬马先生所说，岛上很难轻易找到就餐的地方。他的提议正合我意。

冬马先生的左手无名指上戴着一只结婚戒指。或许，今晚可以尝到他太太亲手做的料理。从他的年龄来看，家里有小孩也不奇怪，想必餐桌上的气氛十分热闹。

夜幕早已降临，时间却没有过去太久。镰仓的夜晚非常昏暗，与之相比，伊豆大岛的夜晚有过之而无不及。

回程的轻型卡车上，我与冬马先生都有些沉默，一定是因为两人还沉浸在书信供养的余韵中。然而，这种沉默并不令人厌烦。不如说，它犹如一场静默无声的祷告，让内心感到舒适。

天空中繁星闪烁。

忽然想起，从前芭芭拉夫人传授给我的能够让人变得幸福的"闪闪发光"魔咒。我闭上眼睛，在心中不断默念"闪闪发光、闪闪发光"。

心里的天空点缀着无数星星。接着，我缓缓睁开眼睛。

轻型卡车从环岛公路驶入通往山间的一条羊肠小道。周遭一片昏暗，我看得不太清楚，似乎家家户户都种着山茶，并以此为墙，聊作区隔。红色与粉色的花瓣几乎完全隐没在黑暗中，唯有白色的花朵浮现在视野中。

"说起来，那棵树龄八百年的山茶在哪里？"

如果就在旅馆附近，我想去看看。然而，冬马先生露出遗憾的表情。

"之前的台风把它刮倒了，如今只剩树根和一截树干。"他语气抱歉地说。

"岛上现有的高龄树种，据说是那棵仙寿山茶，树龄三百年。明天想去看看吗？"

听闻冬马先生的提议，我微笑地点点头。

然而，想起上代目睹过的那棵树龄八百年的山茶已不在人世，我的内心便有些伤感。上代能与美村氏一起观赏它，真是无比幸运。倘若他们没有生活在同一时代，一定无法遇见彼此。

"到了。"

冬马先生将轻型卡车停在一栋民居的屋檐下，打开驾驶座的车门。这里的庭院自然也种着山茶树。一眼看去，树冠十分茂盛。

"那棵山茶，是叔叔亲自培育的。"他拎起放在卡车车斗上的篮子，解释道。

"我回来了。"

冬马先生扬声喊道，接下来，屋里传来一道低沉的男声："欢迎回来——"

莫非是冬马先生的儿子？话说回来，他儿子已经这么大了吗？我疑惑地想着，眼前出现一位身量与冬马先生差不多的男性，一看便知是外国人。

"这是我的伴侣，十梦。这位是从镰仓来的鸠子小姐，今晚她在我们家用餐。"

说完，冬马先生径自拎着篮子进屋去了。

原来，是这么回事？

谁说伴侣一定是异性呢。我为某个瞬间幻想着与冬马先生谈恋爱的自己感到无比害臊。

"请进请进,外面太冷,请进屋里坐吧。很少见到冬马带客人回来呢,今天是例外。"十梦声音开朗地邀请我进屋。尽管发音有些违和,他的日语仍旧说得十分完美。若是不看他的身影,我完全察觉不出自己是在同外国人说话。

这栋古民居每一处都翻新过,梁柱粗壮,天花板挑得高高的,有种被守护的安心感。

十梦来自葡萄牙,今年二十九岁。他说自己是看了宫崎骏的动画迷上日本的,后来修习剑道,又自学了日语。他穿着蓝色T恤,胸前缝了一块布,上面写着"十梦"的字样。

见我一直盯着这两个字,他解释道:"我是夏目漱石先生的粉丝。《梦十夜》实在是一部很棒的作品。"

十梦眨着漆黑的眼睛,两手放在胸前。

"不久之前,我读了《草枕》。"我说。

"啊,《草枕》也很不错。不过,我还是更喜欢《梦十夜》。能与客人聊到夏目先生,我真开心。冬马平时完全不看书。岛上的书店倒闭了,让人非常遗憾。每次去东京,我一定会逛逛书店,买很多很多书。"

也许因为能和冬马以外的人说上话,十梦非常高兴,神采飞扬地对我说个不停。

我与十梦聊天的时候，冬马先生换好卫衣和针织套头衫走了出来。

"啤酒。"

他向十梦扔去一个词，随即大大咧咧地坐在沙发上。在十梦面前，他仿佛一位异常强势的丈夫。

十梦迅速朝我使了个眼色。

"冬马就是个虚张声势的小孩，这是他在撒娇呢。"他小声对我说。

此刻的冬马先生与和我在一起时的他判若两人。我相信，这是因为十梦给了他足够的爱，也允许他做一个任性的小孩。我拿过褥垫，在冬马先生对面坐下。

室内只有间接照明，让人非常放松。这个家是他俩爱的小窝，每个角落都摆放着漂亮的装饰物和照片，布置得像一间时髦的小酒吧。矮桌上的小玻璃杯中，插着一枝鲜艳的带花蕾的粉色山茶花。

我与冬马先生以啤酒干杯。恰在此时，十梦用托盘端着小碗回来了。

"这是用明日叶和岛海苔做的嫩煎，趁热尝尝吧。"

十梦愉快地说着，在矮桌上放了三副碗筷。

"这里就是美村先生以前的家吗？"我迅速打量了一眼整个屋子，问冬马先生。

"年轻时，他和家人住在别的地方。这里是他晚年独居时的房子。"

我一边听着，一边尝了一块嫩煎。明日叶微微泛苦，岛海苔带着海产的香气，味道温和。

"很好吃。"我对正在厨房里忙活的十梦大声道。

冬马先生继续道："叔叔的太太走得很早，大约六十岁不到吧。子女们也先后离开大岛，可能觉得以前的房子太大，他就搬来了现在这里。那时，我已经成年，还没来大岛，对当时的情况不太了解，只在新年时和叔叔互相寄一寄贺年信。我觉得，要是叔叔愿意，说不定有机会和鸠子的外祖母再续前缘。"

而当年妨碍他们走上那条路的人，或许就是我。

"美村先生是何时去世的呢？"我问。

冬马先生"嗯"了一声，双手交叉抱在胸前，闭目思索起来。

"好几年前吧，我记不清具体年份。虽然我管他叫叔叔，但其实我们的关系有点复杂,总之是远亲没错。"

"最终那两人仍旧没有选择在一起。不过,美村先生生活在伊豆大岛,外祖母一直住在镰仓,也不知他们是如何认识的?"

我问出了长久以来百思不得其解的问题。

"岛上的人差不多都会这样,叔叔也是,年轻时似乎离开大岛,在东京生活了十年。按理说,他应该是在那段时期认识了点心子女士吧。"

冬马先生一口接一口地喝着啤酒。他将啤酒罐里剩下的啤酒倒进自己的杯子,冲十梦怒吼般嚷道:"烧酒。"

十梦却毫不在意,温柔地问道:"兑水还是加冰?"

"加冰。"冬马先生仿佛贵族老爷似的,神情高傲地回答。

不知为何,此刻他的脸看起来很像天狗。

我觉得,在十梦面前一个劲摆架子的冬马先生非常可爱。大概他的脾气也是两人之间相处的润滑剂吧。

接下来,十梦问我:"鸠子小姐,你能接受咸圆鲹鱼干吗?"

"咸圆鲹鱼干?"我有些担心地问。

我对这玩意的腥臭早有耳闻,因此大概知道是什么味道。听说腌制鲹鱼干非常费劲,不过我一次都没吃过。

"可能我还没正式吃过。岛上的人都把鲹鱼干当日常菜品吗？"我反问道。

"对呀，用它下饭可好吃了，下酒也不错。无论日常三餐还是红白喜事，要是缺了它，简直没法想象呢。"冬马先生兴致勃勃地游说我。

"你就尝尝吧。一开始我也很怕吃，但把它想成和芝士一样的东西，吃起来就毫无障碍了。"十梦说。

"青鲹和红斑鳍飞鱼，两种都烤。"冬马先生再次用命令般的口吻对十梦说。听着他俩的对话，我不由得乐了。

十梦拿着两只喝烧酒用的杯子过来时，刚好我的啤酒也喝光了。

"鸠子，你的要加冰吗？"冬马先生拔掉烧酒瓶塞，问道。

我点点头，入乡随俗嘛。

"这个烧酒和咸圆鲹鱼干最搭了。"冬马先生眼角有些湿润。

"那家伙，最近在跟岛上的老爷子学烧炭。"

冬马先生喝了一口烧酒，眉开眼笑地对我说。

"烧炭？"

我对烧炭了解不多。

"伊豆大岛从前很多人烧炭。早在江户时代,就有山形县的烧炭工匠来到岛上,学习这里的烧炭技术。烧炭用的山茶,岛上到处都是。对了,你手上那只装烧酒的杯子是我烧制的,用山茶灰上过釉。"

"咦,是这只吗?"这只杯子十分称手,拿起来的瞬间我就很喜欢,"真厉害,这杯子很不错。拿在手里觉得非常安心,有种想要一直握着的感觉。"

做梦也没想到,烧制它的人就坐在我面前。

"我的陶器还差得远呢。"

虽然冬马先生语气谦逊,但我相信他已找到了自己的世界。得知了杯子的由来,我越发感受到烧酒的美味。含在口中,只觉口感异常温柔。

我们边吃边聊的时候,厨房里飘出一股让人无法忽视的臭味。莫非是传说中咸圆鲹鱼干的味道?确实很臭。为了转移注意力,我条件反射般道:"你和十梦是在伊豆大岛认识的吗?"

话一出口,我便有些后悔,真是个愚蠢的问题。不过问都问了,也没法收回。

谁知,冬马先生毫不在意地说:"我们搭船来岛上时,他坐在我旁边。"

听完冬马先生漫不经心的解释，我大吃一惊。

"咦，从那以后你们就开始交往了？"

"没错。"冬马先生再度用毫不介意的语气回答。

如此说来，岂不是命运般的相遇吗？我莫名感觉有些自豪。

"我俩挺聊得来的，于是租了自行车开始环岛骑游，后来又一起登了三原山。那阵子，我自暴自弃，甚至打算跳进三原山的火山口一了百了。"

冬马先生轻飘飘地说出一段令人惊讶的过往。难道他已经喝醉了？

"但是跳下去后，我居然挂在了火山口边缘，狼狈极了。既没人来救我，我又死不了。其实要在三原山寻死，是很辛苦的事，光是抵达火山口就不容易。"

"是这样吗？"一时间，我不知道怎么接话。

恰在此时，十梦双手端着大盘子，献宝似的登场道："这就是伊豆大岛的特产咸圆鲹鱼干，用的炭是我亲手烧的山茶炭，至于盘子嘛，是冬马制作的哟。"

十梦得意扬扬地将装着鲹鱼干的大盘子放在矮桌正中间。鲹鱼干旁点缀着洁白的山茶花。刹那间，我只觉这一幕似曾相识。

"请用！"十梦说完，拿起装着橘子汁的杯子，坐到矮桌旁。

三人再次干杯。

"这家伙不喝酒，一会儿由他送你回旅馆。"

不知不觉间，我已喝光了杯子里的烧酒，冬马先生又为我斟上满满一杯。

眼前的两条鲹鱼干呈现漂亮的蜜糖色。不过，如此和平的景象只是虚有其表。我吸了一口气，差点没被熏晕过去。

十梦迅速伸出手，随意撕下一块鱼肉送进嘴里。

我尽量控制着呼吸，避免吸入鲹鱼干的臭味，同时战战兢兢地举起筷子。此时不吃更待何时，我怀着女性代表般的壮烈心情，将鲹鱼干含在口中。首先品尝的是经典款青鲹鱼干。

哎？

为了确认自己的味觉，我又夹了一块放进嘴里，集中精神仔细咀嚼。然后，我得出了结论。

"很好吃啊，和烧酒特别搭。"

可以说，这是烧酒与鲹鱼干的完美结合。

"万岁！"十梦当场高举双手，庆祝我在吃鲹鱼干一事上成功

"出道"。

接下来,三人专心致志地吃着鯵鱼干,大有不吃干净决不罢休的气势。

红斑鳍飞鱼的风味也很独特,令人直呼上瘾。我吃得完全停不下来。

"据说这是非常健康的食物。"冬马先生像夸赞自家孩子似的说。

"一开始我也不敢吃,后来有一天,叔叔把它做成了茶泡饭,我吃得可香了,从那之后便彻底喜欢上咸圆鯵鱼干,几乎每天都吃。"

"咸圆鯵鱼干茶泡饭?"

"就是在白米饭上放些咸圆鯵鱼干,再撒些刚才吃过的岛海苔碎末,浇上绿茶一起吃。自从做成茶泡饭后,这家伙也变得愿意吃一点咸圆鯵鱼干了,对吧?"说着,冬马摸了摸十梦的脑袋。

"鸠子小姐,想尝尝咸圆鯵鱼干茶泡饭吗?"十梦提议道。

"听起来很好吃呢。"我说。

十梦撤下盛咸圆鯵鱼干的大盘子,回到厨房。

"有什么需要帮忙的,尽管叫我哟。"我冲十梦的背影大声喊道。

十梦离席后，桌上再次只剩我与冬马先生。

"火山喷发时，政府发布了全岛避难指示，腌制咸圆鲹鱼干的汁液大部分都浪费掉了。这种汁液是有生命的，必须每天搅拌，否则就不能用。所以说，咸圆鲹鱼干是一种需要精心对待的食物，不够用心的话，会立刻惹毛它。"冬马先生一边收拾桌上的小碗，一边说，"岛上有种说法，一滴咸圆鲹鱼干汁液，相当于一滴血。如此珍贵的汁液，被浪费掉真的很可惜。从这个意义上说，我觉得要是火山没有喷发就好了。"

"咸圆鲹鱼干是如何制作的呢？"

见冬马先生对咸圆鲹鱼干似乎很熟悉的样子，我便向他请教了这个朴素的问题。

"从前，岛上的水和食盐都很珍贵，因此，腌制干货所用的盐水大家也不会倒掉，而是加入食盐，无限循环利用。听说时间久了，发酵所得的汁水就成了腌制咸圆鲹鱼干的汁液。由于咸圆鲹鱼干汁液不是通过发酵鱼的内脏所得，而是将水、食盐以及腌制时流出的鱼的体液混合在一起，因此舔一舔就会知道，这种汁液其实没有想象中那么咸。在医疗条件不够完备的时代，人们还把咸圆鯵鱼干汁液当药物服用，或者涂在伤口上。记得我受伤时，叔叔也帮我涂过，而且涂的就是咸圆鯵鱼干汁液呢，据说汁液里含有天然抗生物质。"

回过神来，我发现自己正盘腿坐在褥垫上，感觉十分放松。

因为分食了一盘咸圆鯵鱼干，我对冬马先生和十梦产生了一种不可动摇的信赖感。我的衣服、头发上一定都染上了咸圆鯵鱼干的气味，然而能够三人共享一盘咸圆鯵鱼干，臭一些又有什么关系呢。

忽然，我想起镰仓的家人。此时此刻，也不知他们在做什么。

回想起来，我已经很久没像这样放飞自我，享受一个人的时间。

只要身在镰仓，我的身份就是蜜朗的妻子、孩子们的母亲，以及山茶文具店的店主。我必须根据具体情况，扮演被赋予的角色。然而，此刻盘腿坐在这里，喝着加冰烧酒的自己，不属于上述任何一个角色，是最真实的雨宫鸠子。

"让你久等啦。"

十梦从厨房里快步走来，将一碗咸圆鯵鱼干茶泡饭放在我面前。

"米饭我添得不多,如果还想吃,尽管再来一碗哟。"

"咦,你们不吃吗?"我问。

"冬马晚上不吃碳水化合物,我一会儿要吃生蛋拌饭,岛上乌骨鸡生的蛋特别美味。"十梦眉飞色舞地说。

我用勺子舀了一勺热乎乎的咸圆鲹鱼干茶泡饭。

第一口下去,只觉茶水和咸圆鲹鱼干的鲜美非常搭,混合成一种极致的滋味。

我一声不吭地吃光了碗里的茶泡饭,分量刚好,回味悠长。

"今天在砂之滨吃的甜甜圈,莫非是十梦亲手做的?"享用着餐后的明日叶茶,我忽然想起此事,问道。

"没错,是我做的。不过那是葡萄牙的一种点心,叫作sonhos。"

"sonhos?"

"对,在葡萄牙,只有圣诞节时我们才会吃这种点心,不过冬马喜欢,我每天都做。"十梦道。

"哪有每天都做啊!"冬马先生找准时机插嘴道。

"嗯,说每天确实夸张了。一个星期肯定做一次吧。"十梦说。

再这样下去,我大概会因为太过舒适而彻底懒怠下来。其实很想躺在地板上,但我尚未办理旅馆入住手续。想到此,我有些担心地看了一眼时钟。

"差不多该送你回去了吗?"冬马先生对我说,接着,他从沙发上站起身,对十梦道,"剩下的我来收拾,十梦,你送鸠子回旅馆吧。"

我急忙收拾好东西,离开了两人的家。

再次坐上轻型卡车的副驾驶座。

"明天见。中午我去旅馆接你,请在大堂等一等。"我打开副驾驶座的车窗,听到冬马先生如此说。

我对他和院里的山茶树挥手道别。十梦开着轻型卡车,划破黑暗的夜色,朝大海的方向前进。

他一边开车,一边不停地哼歌。听了几遍副歌部分,我的脑海中蓦地浮现一幅画面。

"我可能听过这首歌。"

上代的背影从记忆中浮现。心情好时,上代会一边晾衣服或者叠衣服,一边轻声哼着这首歌。此刻,我想起了这件事。

"好怀念啊。"我说,"是都春美的歌吧。"

"《少女山茶爱情之花(アンコ椿は恋の花)》。"十梦道。

"豆馅（アンコ）①？"不会是指放在蜜豆冰上的甜甜的红豆馅吧？我一边想着一边问道。

"在大岛，从前人们把年轻的姑娘叫作豆馅。比如鸠子小姐，会被叫成小鸠豆馅。至于我——"

"十梦豆馅？"我问，"对了，年轻男子的叫法是？"

见我进一步追问，十梦"嗯"了一声，思考起来。

"不如叫咖啡如何？因为豆馅和咖啡很配嘛。"他随口胡诌道。

"那么，冬马先生与十梦就是豆馅和咖啡的绝妙组合喽。"我戏谑地说。

浪迹国外的那段时间，我结交过好几位同性恋友人，回到日本后，冬马先生是我遇见的第一位同性恋者。他与十梦的相处非常融洽，连我这个局外人都看得内心无比放松。

"岛上的生活还习惯吗？"我问。

"很有趣，也很辛苦。不过，有冬马在，我非常幸福。"十梦毫不犹豫地津津有味地谈起自己的恋人。

与初见冬马先生那会儿一样，能和十梦亲切地交谈，也是上

---

① アンコ是伊豆大岛对女性的称呼，与"豆馅"的读音相同。

代赠予我的珍贵礼物。

"晚安。"

十梦将我送到旅馆大门口，我们在车内拥抱道别。

我在旅馆大堂办好入住手续，走进客房，看到双人床的瞬间，想起自己原本打算和 QP 妹妹一起来旅行。

办理手续时，我忘记将双人客房改换为单人客房，此刻，整个房间空荡荡的。有那么一瞬间，我甚至忘记了自己是一位母亲。

啊——

我不明所以地叹息一声。其实没什么理由，只是想要发出声音罢了。

此刻身上仍旧沾着咸圆鲹鱼干的气味，我想洗个澡，可是身体累极了，连走去浴室的力气也没有。

大约喝醉了吧。我闭上眼睛，准备睡一个好觉。

上代与美村氏的言灵们，此刻抵达了宇宙的何处呢？

翌日清晨，我前往旅馆的露天浴池，一边泡澡一边欣赏三原山的雄伟景色。肚子依然很饱，我决定不吃早饭，将小鸠豆乐塞进口袋里，出发去登三原山。

昨天冬马先生所说的树海之森，就位于通往三原山的途中。那里的确配得上"树海"二字。

1777年，江户时代的那场喷发，导致三原山的山麓一带被熔岩覆盖，成为野火烧过的原野。两百多年后，原野再次变作森林。

那里的植物不是扎根于泥土，而是扎根于熔岩之中。因此，植物的根系仿佛章鱼的腕足一样盘根错节。

植物们用尽全力地攀附在地面上，向上生长，拼命将旺盛的生命力传达出来。森林中生机勃发，凉爽的风迎面拂过。

不过，穿过森林走上登山道时，映入眼帘的又是另一番景象。四周到处覆盖着火山喷发物，荒凉而绵延不绝，仿佛不属于这个世界。

我彻底明白了何为冬马先生所说的"重启"。如字面所述，火山喷发夺走了植物的生命，同时，无论被熔岩杀死多少次，它们都能够再度萌芽，顽强生存。成长过程的残酷，清晰地展现在我眼前。

由于强风和严寒，我的思维有些涣散。三原山海拔仅有758米，所以不管走多久，山间的景色始终不变。地面散布着浮石般的沙砾，每走一步就被绊一下，导致行走极其艰难。而且，冷风毫不留情地刮来，似乎要将整个人吹走。

我放弃了沿着火山口绕山顶一周的想法，转而站在能将火山口尽收眼底的展望台上，俯瞰山腰的景色。

若不握紧扶手，心里就会非常害怕。尽管现在我足够冷静，然而想到火焰正是从这里喷薄而出，巨大的岩石和熔岩随之出现，双腿便忍不住发抖。地球的的确确是有生命的。

昭和末期的那场火山喷发，想必程度十分剧烈，火柱高耸，以至于站在神奈川县的高台上，也能看到喷火的景象。即便如此，岛民们依旧谦逊谨慎、心平气和地在火山脚下经营自己的生活。

我顺着坡道往山脚走去，富士山迎面撞入视野。在镰仓偶尔也能瞥见富士山，却是一抹遥远的影子，此时的富士山轮廓清晰完整，耸立在远处，犹如神明。

我不由得双手合十，默默参拜。如果可以，真想让 QP 妹妹也欣赏一下富士山大气磊落的英姿。

我顶着强风和严寒下山，回到旅馆。

我坐在旅馆客房里，喝着从商店买的明日叶茶，给远在意大利的静子女士写信。我想将自己来到伊豆大岛的事与旁人分享。写完信后，我贴上航空件的专用邮票，请大堂工作人员代为寄出。

正午刚过，冬马先生便开着轻型卡车来到旅馆。距离汽船返航还有两个多小时，我请他带我去看了昨天聊到的树龄三百年的仙寿山茶，又在元町港的大众食堂用过午饭，然后便前往美村氏喜爱的波治加麻神社。

"啊，这里就是波治加麻神社呢。"看着正前方坡度平缓的参道，我说。

向森林深处延伸而去的参道两旁，整整齐齐地种着笔直挺拔的杉木。阳光犹如一束束聚光灯，透过树梢的间隙，明亮地照到地面的青苔上。

我感受着地面的温度与柔和的光线，慢慢走去神社深处的社殿。

杉木宛如连通天空的钢琴丝。也许碰一碰树梢，每一棵都能奏出各不相同的琴音。

走着走着，我总觉得他们就在那里。

尽管看不见，也听不着，可我感觉上代与美村氏的灵魂就在这座被郁郁葱葱的林木所环绕的神社里。

这感觉十分朦胧，并非恐怖或阴森，而是一种格外清净、令人忍不住微微一笑的感觉。

仿佛我正枕着上代的膝盖午睡，却忽然睁开眼睛，徘徊在半梦半醒之间，迷迷糊糊地眺望着眼前的世界，身上不知何时披上一件轻盈柔软的虹色羽衣。

我希望继续维持这种感觉，于是一眨不眨地望着天空，专心致志地往前走着。我有种强烈的预感，上代与美村氏至今依旧爱着对方。

一只麂划破四下的寂静。它突然出现，又飒爽地消失在森林深处。

新闻上说，从伊豆大岛的动物园逃走的麂，在野外大量繁殖，毁坏了不少农田。这种鹿科动物外表十分可爱，对岛民而言，却是相当棘手的存在。

我与冬马先生一起参拜，向神明汇报已顺利完成上代和美村氏的书信供养仪式。

波治加麻神社令人心旷神怡。社殿后方，便是一望无际的森林。

"这里给人的感觉非常神秘。"我说。呼吸之间，内心变得剔透，仿佛被洗过似的。我在心里仔细品味着很久以前上代来到此处的意义。

"刚才，鸠子是不是感觉到了什么？"冬马先生深吸一口气，不太确定地问道。

"冬马先生也感觉到了？"我凝视着冬马先生的眼睛，探寻彼此话中的深意。

"没错，从很久以前开始，我在这方面就比一般人强些。人类总以为自己什么都能看见，事实上，我们肉眼所见的电磁波频率，不足所有存在的电磁波频率的1%。听觉亦如此，我们耳朵能够听见的声波同样不足1%。也就是说，世界远比我们以为的要多姿多彩，并且充满各种各样的声音。"

难怪我的眼睛看不见上代与美村氏。

然而，"看不见"只是我的生理构造使然，并无证据证明他们不存在。

内心隐约察觉的事实被冬马先生一语道破，让我轻松不少。

"说得也是。刚才，我确实感觉到两人的存在。"

听闻此言，冬马先生点点头，露出稳重平和的微笑。

我们返回轻型卡车，往港口而去。距离汽船离港还有一会儿，冬马先生也有自己的工作要忙，余下的时间，我可以独自逛逛物产店，或是坐在店里喝杯咖啡。

我兀自思索着接下来的安排，只听冬马先生自言自语般道："我能拜托鸠子一件事吗？"顿了一下，他继续道，"鸠子，你听过'毒亲'这个词吗？"

我默默地点点头。

"我的父母便是如此。"

"双方都是吗？"一时间，我不知如何作答，总之先试着反问一句。

我的母亲巴巴女士，大约也可以被归入毒亲的范畴。这世上意外地存在许多犹如毒药一般对子女造成危害的父母，只是不易为旁人觉察，他们自己也毫无所觉罢了。

"我觉得很烦。他们成天嚷着你差不多该结婚啦，我们想看孙子的脸之类，真希望他们别再背地里否定我的人生了。我又不是为了他们的幸福而活！"冬马先生愤愤地抱怨道。

"十梦的事，他们知道吗？"为保险起见，我确认地问。

"多少察觉到我是这样的人吧，不过，考虑到他们会失望、怒骂，以及哭闹，我从未明确表达过自己的性取向。因此，也拜托你在信里讲清楚这一点，之后，哪怕和他们断绝关系我也无所谓。"

"请再详细地告诉我一些你的事。"我说。或许了解多一些，我也能够帮上忙。

冬马先生开始讲述自己的双亲如何"有毒"，以及孩提时代的他在父母的管束下如何艰难成长，每年夏天在伊豆大岛度过的时光，成为他苦闷青春期的通风口。

其实，冬马先生一定有能力回应父母的过高期待。在人生旅途中，他也曾无视甚至扼杀过自己的本心，用尽全力扮演父母理想中的儿子。

然而，人的心力是有限的。我理解他再也无法回应父母的期待，环绕在耳边的冬马先生的声音，仿佛来自他灵魂的呐喊。

"我明白了。"

他打算在信里对父母坦白自己是一名同性恋者。尽管非常困难，我依然接受了这项委托。

"我母亲也差不多。"我说，"我不知道能不能把她视为毒亲，但是，正因为她对我不闻不问，反倒让我在成长过程中免受其害。我是跟着外祖母长大的。"

"点心子女士就像你的养母吧。"

"没错，对外祖母，我怎么感谢都不足够。可惜她活着时，我总对她说一些很过分的话。"想到此，我忍不住流下眼泪。

"我想，无论点心子女士还是叔叔，现在一定都很开心。"冬马先生握着方向盘，侧脸在阳光下熠熠生辉。

"是呢，我也应该这样想。"我说。

接下来，沉默在车内流淌。车子朝山茶隧道驶去。

来到大岛我才发现，山茶隧道在这里十分常见。

此前，我满以为上代在信里提到的"山茶隧道"，是指岛上某个特别的场所，实则不然。那些建在细长道路两侧的民房，家家户户都种着山茶，并以此为墙。等这些山茶长大，自然会把道路变作山茶隧道。在伊豆大岛，山茶隧道实在是司空见惯的风景。

就在我愣愣思考的时候——

"请停车！"我条件反射般大叫道。

刚才某个瞬间，我似乎看到路上走着一名同 QP 妹妹长得一模一样的少女。

冬马先生大吃一惊，赶紧刹车，还好后面没有别的车辆。

"抱歉，我看到一个长得很像我女儿的孩子。"我说，"可以把车停在这儿等我一下吗？我去确认一下就回来。"

我走下轻型卡车，小跑着原路返回。果然，此刻出现在我面前的，就是 QP 妹妹本人。

"QP 妹妹！"我喊道。

"妈妈。"QP 妹妹吃惊地看着我。明明该吃惊的人是我才对，QP 妹妹却完全没留意到这一点。

"你怎么会在这里？"我冲道路对面的她问道。

"昨天我来不及搭汽船，就坐了夜间渡轮过来。我想只要来到岛上，就能遇到妈妈。"QP 妹妹若无其事般回答。

"你怎么不通知我啊？"我说，差点压抑不住满腔怒火。

"因为我想让你大吃一惊嘛。我有跟爸爸联系，他也说这样没问题。"

难怪我联系蜜朗时，他一个劲地念叨着没关系、不要担心。

被父女俩摆了一道，我想。不过，我依然为蜜朗温柔的谎言和 QP 妹妹带来的惊喜，感到些许开心。

面前的 QP 妹妹态度温顺，和之前叛逆的她完全不同，让我觉得十分新鲜。

"可是，你在渡轮上待了一晚吧？大清早就赶来这边，到现在为止你都干什么去了？"

就这么顺从地接受她带给我的惊喜，我似乎心有不甘。作为母亲，我是否应该严厉警告一下女儿的行为？我犹豫地想着，继续冲站在道路对面的 QP 妹妹大声问道。

就在这时，冬马先生停好车，走到我们身边。

"总之，有什么话上车再说吧。"

刚才我似乎已对冬马先生介绍过 QP 妹妹。他整理好摆放在车斗上的行李，腾出可供人坐的空间。

我不放心将 QP 妹妹单独留在车斗内，干脆和她坐在一起。无论 QP 妹妹遇到过什么，总之，她能一个人平安无事地抵达伊豆大岛，并顺利与我会合，都堪称一个奇迹。

我准备告诉蜜朗自己已经见到 QP 妹妹，但车上太摇晃，根本没法好好打字。没过多久，我们抵达了冈田港。

"你们怎么打算的？"冬马先生走下驾驶座，向我问道，"要搭下一班汽船吗？"

可是，QP 妹妹今天早晨刚到伊豆大岛，现在回去的话，也太可怜了。

"你觉得呢？"我询问她的意见。

"我想在岛上再待一阵子。"她理所当然地说。我很高兴她能清楚明白地向我表达自己的想法。

反正我也没什么急事需要立刻回镰仓,两个小的由蜜朗照顾也没问题。山茶文具店只要再临时店休一天就好。

就在我思索着各种必做事项的时候,冬马先生听到了我们的对话,客气地说:"如果可以的话,我去联系一下开民宿的朋友吧,问问有没有客房供你们住一晚?"

"拜托你了。"QP妹妹抢在我之前说。

"民宿位于波浮地区,周边环境不错,住宿费也不贵。"

多亏冬马先生及时联系民宿老板,今晚我与QP妹妹才不至于露宿街头。

就这样,我决定与QP妹妹一起在伊豆大岛多留一天。

波浮地区位于大岛南面,是一片靠海的小村落。波浮港曾是火山口湖,村落以此为中心繁荣一时。从前,不少船舶皆停泊于此,为当地带来大量财富与文化。

那时候,港口附近旅馆林立,每晚宴会不断,街上处处洋溢着活力。更令人吃惊的是,如此狭窄的区域,竟然挤着各种各样的店铺,甚至有电影院和保龄球馆,热闹非凡。

然而如今,一切皆已成为过往,再也不见昔日的旧影。离开大岛的人越来越多，四处都是显眼的空屋，过去热闹的商店街，现在人烟稀少，冷冷清清。

"总觉得有种置身电影外景地的感觉。"

QP妹妹不停地用相机拍着褪色的街景，喃喃自语。头顶阴沉的天空分外应景。

这里说怀旧确实怀旧，若是称之为幽灵小镇，也毫不为过。从外面看，我们根本无法得知那些店铺有没有营业，也不确定那些屋子是否有人居住。

因此，当发现不远处有家咖啡店时，我的心情就像找到宝物一样。

还是QP妹妹一眼看到它，于是拼命冲我招手，示意我过去。我上前一瞧，是一家环境很棒的咖啡店，而且似乎正在营业，看板上写着一排小字：Hav Café。

店里烧着煤油暖炉，非常暖和。尽管已是春天，伊豆大岛的风依然猛烈，长期待在室外，身体就像冻僵了似的。此时突然走进温暖的空间，我感觉整个人都在缓缓地融化。

我和QP妹妹并排坐在吧台边，这里能将厨房一览无余。店主是一位气质优雅的女性，店内陈列着充满复古情调的餐具和衣帽装饰，墙角贴着很多摄于世界各地的快拍照片。

QP 妹妹早已饥肠辘辘，很快点了比萨吐司与咖啡欧蕾套餐。我正好也有点饿，于是要了可可和松饼。听说面包是某家福利院的作坊烘焙的。此外，我很高兴地发现，这里的料理大量运用了伊豆大岛本地的食材，如大岛黄油、大岛牛乳等。

我喝了一口甜甜的可可，只觉肩上的紧绷感骤然消失。指尖依然有些冷，全身上下已渐渐回暖。

不知是由于身体重新变暖，还是因为顺利与 QP 妹妹在伊豆大岛会合让人放下心来，我感觉昏昏欲睡，拼命忍住打哈欠的冲动，望向窗外的马路。

仿佛透过慢镜头所见的世界，室外阳光明媚，一派悠闲宁静。

暖炉上方摇曳的烟雾，宛如在跳草裙舞。我细细回想着昨天发生的事，如同赤脚行走在漫长的梦境里。而这个梦，现在依旧没有结束。

"妈妈。"一旁的 QP 妹妹唤了我一声。

我猛地转过头，她已经很久没用这种自然开朗的语气喊过我。我再次被幸福感包围，怀疑自己在瞬间，某个短暂的瞬间进入了梦乡。

"比萨吐司很好吃哟,你要尝尝吗?"

"谢谢。"我回答,仿佛她是母亲,我才是女儿。

闻言,QP妹妹"啊"了一声,同时将一块比萨吐司喂到我嘴边。

我配合地张大嘴,就着她的手,把比萨吐司含在口中。吐司个头太大,吃起来有些费力。我慢慢咀嚼着,只听啪的一声,QP妹妹拍下了我的侧脸。

"真像一只被喂食的松鼠。我要把这张照片发给爸爸。"

QP妹妹看着拍下的照片,不由得扑哧一笑。

看着埋头摆弄手机的QP妹妹,我的内心涌上一股难以言喻的情感。

与她相遇以来的时光,化作流星雨般的美丽光带,掠过我的脑海。

我既想告诉她,这已经是她第二次亲手喂我吃东西了,又想独自保守这个秘密。

终于咽下嘴里的比萨吐司,我喝了一口还剩一半的可可。

大岛牛乳口感柔和,犹如春日的微风轻轻拂过,十分容易消化。平时,只要饮用大量牛奶我就会闹肚子,喝着大岛牛乳却没有这样，真是不可思议。

我告诉店主后，她笑嘻嘻地说："只有健康的奶牛才能挤出这样的奶呢。我也是来到岛上喝过大岛牛乳后才第一次知道。"

她还告诉我："从前，伊豆大岛的乳酪业十分发达，伊豆大岛还被称作东洋的荷斯坦牛岛。"

按照店主的说法，牛的体温高，不耐酷暑，因此，让它们维持较低的体温非常重要。就这点而言，大岛常年海风吹拂，四面环海，天然拥有适宜发展乳酪业的气候风土。

"以前啊，家家户户都养牛，听说还有人带牛去海边散步。牛在海边既能摄取身体所需的盐分，又能吃到草。瞧，就是这个。"

说着，店主从冰箱里取出一盒大岛牛乳。盒面印着喷出烟雾的三原山与山茶花，笔触复古而可爱。

我的心里立刻涌起对大岛牛乳的喜爱之情。要是冰箱里经常放着一两盒这种包装的牛奶，每次看到，心情一定会平静下来。

"有段时间，制奶厂面临经营危机，大岛牛乳也陷入生死一线的境地。当地有识之士纷纷团结起来，说绝不能让它消失，于是，大岛牛乳至今仍旧保持一定的产量，是岛民的骄傲。"

店主说话时，咖啡店的玻璃窗被风吹得咔嗒作响，与山茶文具店的玻璃窗发出的声音很像。从刚才起，QP 妹妹就十分热心地翻阅着店内放置的伊豆大岛旅游指南。

店里客人渐多，我们很快结账离开，在附近漫无目的地散步。

QP 妹妹一边拍照，一边站在身后对我说："明天……"

"怎么了？"我回过头。

"回去之前，可以看看马儿吗？" QP 妹妹凝视着我的眼睛道。

"马儿？"

"没错，马儿。刚才我看旅游指南上说，岛上有类似马术场的地方，游客还能尝试照顾里面的马儿。"

听她突然提起马儿，一开始我还没反应过来，不明白她的思维是怎么跳到那上面去的。

然而，QP 妹妹的目光格外纯净，与天真无邪的马儿一模一样。

我很快回答："可以啊。"

说完，我们继续在街上悠闲地散步。

我看到修建于明治时代的船主宅邸时，开始试着想象昔日的这片土地拥有多么繁华的胜景。修筑围墙所用的石砖，是从栃木县漂洋过海运来的大谷石。整栋房子是石造的二层建筑，平瓦接头以下矗立着涂有漆喰的海鼠墙。宅门造型气派，宅邸占地广阔，一看便知是栋极尽奢华的宅子。

我们脱了鞋，安静地参观每间屋子。这时，不知从何处传来QP妹妹的声音。

"妈妈，你快过来，我发现了一个了不起的东西。"

QP妹妹似乎十分兴奋。

"怎么啦？"我朝声音传来的方向走去。

"这个卫生间很厉害吧？"QP妹妹瞪大眼睛道。

和式便器的一面上画着美丽的蓝色小花。我从未见过这种装饰的卫生间，仿佛是一件艺术品。男厕亦是如此，筒形便器上覆着漂亮的花纹。

我和QP妹妹并肩站在那里，盯着便器发了好一会儿呆。真是妖娆妩媚的卫生间，换作是我，也许会强忍便意，不好意思使用。

那些衣饰华丽的舞女，一定每晚聚集在这栋宅子里，热情招待从荒凉大海上好不容易回到陆地，犹自兴奋的船员。

刚才我在导览板上读到，川端康成所著的《伊豆的舞女》中那位年幼舞女的原型，便是当年波浮的某位舞女。说不定她也使用过这里的卫生间，我在心里暗暗地想。

庭院里盛开着娇艳的粉色山茶。

来到室外，当年的热闹与喧哗仿佛乘着海风飘入耳中。

话说回来，那条约有二百四十级石阶的踊子坂，可真是一条风光明媚的坂道，坡度陡峭，连接着波浮港与高台上的村落，郁郁葱葱的松树下立着蓝色屋顶的民居，再往下能够望见泊着船只的波浮港。

这是一片美不胜收的风景。无论多少次邂逅它，都会心动不已。漫步其间，我忍不住轻声哼起歌来。

过去，曾有大量文人墨客造访波浮港，坂道上随处可见歌碑。

我们回了一趟民宿，办理入住手续。

老板为我们预留了最后一间配有双人床的客房，我惊讶片刻，很快爽快地接受。

说不定，这是来自神明与上代的体贴安排。

毕竟，倘若没有这样的意外事件，我又怎会与即将成为高中生的女儿同睡一张床呢？

整晚待在渡轮上，想必她十分疲倦。民宿工作人员刚离开，QP妹妹就呈"大"字形躺在床中央。

我在一旁整理行李。原本这趟只打算在岛上住一晚，便没带什么换洗衣物。好在身上并不脏，晚上只要洗洗内衣，晾干即可。

QP 妹妹十分惬意地闭着眼睛，看得我也想躺下来。

我绕到双人床的另一侧，躺在 QP 妹妹身边。她稍稍往外挪了一些，为我腾出足够的空间。

此刻，我仿佛正与 QP 妹妹躺在竹筏上乘凉。天花板上飞舞着耀眼的光点。

可惜无论闭着眼躺多久，我都睡意全无。平日里，我很少有机会在这个时间段午睡，于是大脑陷入顽固抵抗睡眠的状态。百无聊赖之下，我对 QP 妹妹提议道："我给你按摩吧。"

闻言，QP 妹妹嘟嘟囔囔地翻过身，趴在床上。

我立刻起身，跨坐在 QP 妹妹后方，把手掌放在她的背部。

我闭上眼睛，聆听着 QP 妹妹体内的声音。

这是在模仿正骨师的动作。有时我肩膀酸疼得厉害，会去家附近的理疗店接受按摩服务。然后，我摊开手掌，以缓慢向外画圈的形式，开始按摩 QP 妹妹的后背。

本以为年轻小姑娘和肌肉紧绷无缘，没想到完全不是这么回事。QP 妹妹身体各处都很僵硬，像老婆婆似的。

"这位客人，您肌肉紧绷得厉害呢。平时工作很忙吗？肩颈酸疼可能与您用眼过度有关哟。"我用力按摩着她颈部后方僵硬如石头的部位，用按摩师的口吻道。

"还不是因为要备考。"QP妹妹小声道。

她的腰部摸上去特别凉。

"让身体受凉可不太好。这位客人，建议您从年轻时起，培养围腰带的习惯。"我小心翼翼地按摩着她的腰部，对她说。记得念小学那会儿，QP妹妹瘦得像一根火柴棍，最近适当长了些肉，逐渐发育为丰盈的女性体态。

"生理期还正常吗？"我问道，同时以肘关节施力，放松她的臀部。初一那年的初夏，QP妹妹迎来了初潮。

"会痛经吗？"

"有时会很疼，基本上还好。"

如果不是一起出来旅行，我也没机会好好地和她聊妇科话题。

"这位客人，平日里无须勉强自己。感觉不舒服的时候，不妨跟老师讲，然后在家好好休息。不用为生理期感到害臊哟。"感觉自己的语气像极了一位母亲。

我十分珍惜和QP妹妹共同度过的亲子时光，我们犹如母兽与幼兽，相互依偎、嬉闹。为此，我觉得在伊豆大岛额外留宿的一夜非常值得。

当我按摩 QP 妹妹的足底时，她开始大叫出声。

"痛痛痛痛痛痛痛！再轻一点嘛。"她用极度不悦的声音叫道。

"会痛就证明这里有问题。再忍一下，之后会很舒服哟。"

说着，我再次用力按着 QP 妹妹左脚大拇指旁的穴位。

这一回，QP 妹妹发出呜咽般的声音，我一瞧，她竟然满脸是泪。

"有那么痛吗？"我假装糊涂地问。

"真的要痛死了！好了，换我给妈妈按摩吧。"

QP 妹妹说完，起身爬到我脚边。

"来吧，还请您手下留情。"我说。

然而，QP 妹妹根本不是在进行反射疗法，而是单纯地"用刑"。我痛得浑身是汗，立刻投降，按摩时间到此结束。

出了一身汗，很想换衣服，然而手边根本没有可供换洗的衣物。于是，我只好问 QP 妹妹借了一件被她当睡衣穿的皱巴巴的长袖粉色 T 恤。虽然它一点也不适合我，但总比穿着被汗打湿的衣服强。我在外面罩了一件针织开衫，准备收拾收拾便出门。

当我和 QP 妹妹趴在床上玩按摩游戏的时候，太阳已经落山。我们尽量裹得严严实实的走出民宿。

"接下来要去哪儿呢？有两个选项哟。"路上黑黢黢的，我一边走一边问道。

尽管夜幕才刚降临，天空中却挂着闪烁的星星。果然只有在伊豆大岛，才能看到如此明亮的星辰。

"妈妈想去哪儿？"QP妹妹反问道。

我"嗯"了一声，陷入沉思："拉面。"

我望着星空回答。白天时，咖啡店的店主告诉我，这一带夜间依旧正常营业的店铺，只有一两家拉面店或寿司店。

"您意下如何？"我开玩笑地问QP妹妹。

"我觉得寿司很好，想吃玳瑁寿司呢。"QP妹妹十分配合地回应我的玩笑。

"懂了，有点难办哪。不如猜拳决定如何？"我想了想道。吃寿司我当然没意见，不过如此一来，我们就得走下踊子坂，前往港口附近。

下坡容易上坡难。况且，我现在非常想喝一碗热气腾腾的汤。从刚才起，我脑海中就不停回荡着拉面的铃声。

"猜几次？"QP妹妹问。

"三次决胜负。"我回答。

"不，一次就行。"QP 妹妹说。

"好的，一次定江山。"

就这样，我们打算用猜拳决定今夜的晚餐。

"石头剪刀布！"

"平手再出！"

"平手再出！"

在空无一人的马路上，母女俩神情严肃地猜着拳。

因为一直平手，所以一直出拳，终于在第四回合有了结果。我出了石头，QP 妹妹出了剪刀。

"太好了，今晚吃拉面！"

我顶着夜色，像孩子一样振臂高呼，然后乘机挽住 QP 妹妹的胳膊，与她肩并肩朝附近的拉面店走去。这是一个令人珍惜的祥和夜晚。

拉面店看起来普通，是那种随处可见的小店，没想到出品非常不错，我和 QP 妹妹忘我地吃着，根本停不下筷子。

"太好吃了。"

穿过拉面店的红色暖帘，我们来到店外，QP 妹妹叫道。店里的人一定也听见了她的感叹。

"真让人惊讶呢。"我意犹未尽地说，体内似乎还残留着拉面的香气，棉絮般飘来荡去。

QP 妹妹点了盐味岛海苔拉面，我点了蛤蜊高汤怀旧中华拉面、饺子以及小份猪肉盖浇饭，每一道都有着令人安心的滋味，直到现在，我的胃仍在欢喜地跳舞。

"虽然很想吃寿司，但是今晚的拉面一点也不让人失望，对吧？"我瞥了一眼 QP 妹妹心满意足的侧脸，对她说。

"一般来说，那种情况下，做母亲的都会以女儿的意见为重，故意输给女儿呢。"QP 妹妹噘着嘴道。

"如果是小梅和莲太朗，我可能会这么做。不过，QP 妹妹已经长成了不起的大人了呢。"我若无其事地反驳道。

QP 妹妹早已不是小孩。今天与她独处时，我清晰地意识到这一点。因此，我想让她明白，大人之间的猜拳必须认真对待，否则毫无意义。

就这样结束今夜，似乎有些可惜。回民宿的路上，一家商店吸引了我们的目光。我们走进店里，打算买些吃的作为消夜。QP 妹妹热心选购粗点心时，我往购物篮里放了几瓶酒。

待她睡着后，一边欣赏她的睡颜，一边喝餐后酒也不错。眼下只缺甜点，我拿了一包番薯干放进购物篮。

收银台旁放着新鲜的明日叶。本想买一些作为纪念品，带回家做给蜜朗、莲太朗和小梅吃，可我不确定明天一整天它是否能够保鲜，只好不情不愿地放弃。

怎么回事，我的内心有种在岛上待了一个星期的错觉。结完账，我们稍稍绕了一段路再回到民宿。夜里的大岛出人意料地安静，时间的流逝让人心满意足。

因为要与别的房客共用浴室和卫生间，所以QP妹妹决定先去洗澡。她说今天早晨下了渡轮，就在港口旁的天然温泉里泡了一个长长的澡，因此这会儿简单地冲冲凉就够了。

趁她洗澡时，我打开刚才在商店买的苹果起泡酒，倒了一些在杯子里，独自喝起来。

喝着喝着，醉意渐渐上来。我打开下酒用的番薯干的包装袋，一边吃番薯干一边继续喝。忽然想起昨晚邀我共进晚餐的冬马先生和十梦，也不知这对关系要好的恋人，此刻正在吃什么。

待我回过神，人已经跑到床上，钻进被窝。也许是因为苹果起泡酒喝得太快太急。我嘴里念念有词，不能就这么睡过去，还得刷牙，还得洗脸，身体却不由自主地进入梦乡，根本不想动弹。

过了一会儿，我被 QP 妹妹回房的响动声吵醒。意识是清晰的，身体却起不来。

"妈妈，你睡了吗？"

我想回答却发不出声音，不由得沉默了几秒。

"谢谢你愿意做我的妈妈。"QP 妹妹轻声道。

或许 QP 妹妹以为我已睡着，什么也听不见，于是放心地说了这句话。

我猛地紧闭双眼，防止眼泪夺眶而出。感觉此刻无论我怎么回答，都会破坏 QP 妹妹的这份体贴。我不是一位聪慧的母亲，无法在这种情况下，恰如其分地回应女儿。

我的确比 QP 妹妹先出生，就身份而言是她的母亲，但这绝不代表我在任何方面都比她优秀。

许多事情 QP 妹妹比我做得更好，有时我甚至需要向她学习。

此刻，我只能保持沉默。泪水却不受控制地涌了出来。

黎明时，我做了一个非常愉快的梦。

在梦里，我与上代、QP 妹妹一起泡澡。

水面满满地浮着一层颜色各异的山茶花瓣。浴池很小，三人被迫叠在一起，上代在最下面，我在中间，QP 妹妹在最上面。三个女人赤身裸体地拥抱着入浴。

心情格外舒畅，而且泡着泡着，上代竟然讲起了落语。真是一个荒诞无稽的梦。我和 QP 妹妹撇开双腿，咯咯直笑，只有最下面的上代仍旧认真地讲着落语。

因此，当我睁开眼睛时，看到面前的 QP 妹妹，意识有片刻的混乱。

某个瞬间，我不知身在何处。

按理说，我不可能和 QP 妹妹同床而眠，莫非刚才三人一起泡澡才是现实？

不过，我慢慢地回想起来。

犹如翻阅啪啦啪啦漫画一样，昨日的情景在脑海中回放：我偶然在岛上与 QP 妹妹会合，之后，我们坐进轻型卡车的车斗，搭了冬马先生的便车。

再往前，是我与冬马先生在砂之滨，焚烧了上代和美村氏寄给彼此的情书，为二人举行书信供养仪式。

在这座岛上，我过得异常充实。

QP 妹妹睡得格外香甜，将脸完全转向我这边，我能清晰地看到她脸上的绒毛。

说不定 QP 妹妹也在梦中一边泡着山茶花瓣澡,一边听上代讲落语。

她的脸上带着微笑,看起来可爱极了。

后颈长出的细软毛发,在晨曦中闪闪发光。

我想再次感受上代和 QP 妹妹的体温,于是闭上眼睛。

待我们重新回到镰仓站,已经是日落时分。幸亏这次有蜜朗灵活应对,我与 QP 妹妹在旅途中才没有遭遇难题,并且饱览了大岛风光,平安归来。

对我而言,这是非常充实的三天两夜,仿佛一趟环游世界之旅。

而我最大的收获,是能与长大成人的 QP 妹妹游遍大岛的每个角落。

QP 妹妹就像树海之森一样,凭借自身的力量,让种子在熔岩上生根发芽,成长为一片独属于她的森林。

几天之后,QP 妹妹收到了录取通知书。

莲

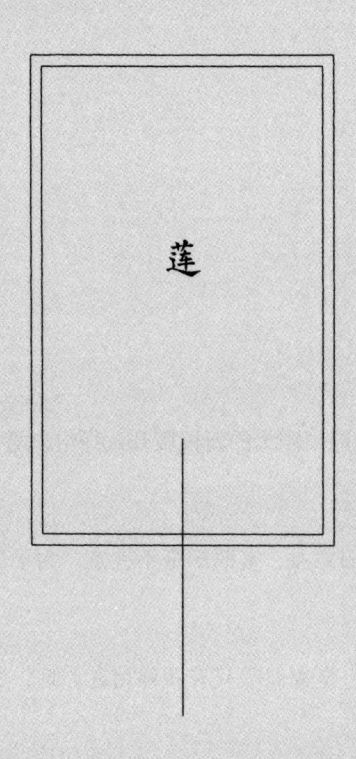

山茶的情书

已是四月。

QP妹妹穿着略显肥大的新校服升入高中，两个小的也开始读小学二年级。

尽管海水依旧寒冷，蜜朗却毫不在意，为了享受冲浪，频繁去海边。

与他们相反，全家似乎只有我停留在原地，裹足不前。难不成这是我的错觉？

世界一片春光烂漫，我却郁郁寡欢。

难道这就是世人常说的燃烧殆尽症候群？待我察觉这一点，已是樱花散尽、绿叶满枝的季节。

上代的情书已供养完毕，QP妹妹也顺利升入高中，摆在眼前的任务全部完成，于是我开始感到空虚。

我不知道自己因何而存在，也不知道为了什么而活，搞不好我已完全沉入深不见底的宽阔泥沼，连脖子都深埋其中。

既然如此，或许沉迷工作能够消除这种情绪，可惜我能力有限，代笔工作停滞不前。

我时常觉得脑袋昏昏沉沉，毫无干劲，虽然想要进行新的尝试，一旦付诸行动，又变得畏首畏尾。

事实上，冬马先生委托我写的信，我也迟迟没有动笔。那时候，我真的相信自己能够助他一臂之力，现在看来，是我太过自负。可以肯定地说，当时的我自恃其才，满心以为写得出来，于是轻率地接下委托。我为这样的自己感到羞愧。

除非我有所成长，否则根本无法用语言描绘出冬马先生内心的孤独、纠结、愤懑和希望。我给冬马先生发了信息，希望他再给我一些时间。我几乎陷入半放弃的状态，就差跑去附近的镰仓宫，向神明祈求一块除厄石了。

就在我苦苦等待这个忧郁的春天快些过去时，一位身材挺拔的青年出现在山茶文具店。那天我正坐在店里的办公桌边，以手托腮，愣愣地望着院子里的野生山茶。

这个季节，山茶花已凋零殆尽。花朵的残骸以一种美丽的形态，干脆利落地离开树枝，飘散一地。

青年身高大约180厘米，个头挺拔，四肢修长，似乎经常运动，是那种久经锻炼的体格。

他摘下棒球帽，深有感触地说了一句"好久不见"。

然而，我不记得自己认识他，对他的这句话深感莫名。

"我是铃木多果比古。"青年用爽朗洪亮的声音自报家门。

"啊？"

我大吃一惊，目不转睛地盯着青年的脸。这么一说，青年紧闭的双眼以及脸部舒缓的线条确实很像少年时期的多果比古。

"你都长这么大了呀。"我发自内心地感叹。方才的抑郁一扫而空，犹如被突如其来的清风吹散。

"大家经常这么说。母亲也很惊讶，没想到我竟然长得这么高。"

很久之前，失明的小多果比古为了写信向母亲表达谢意，专程来到山茶文具店。最终，他亲手在信纸上写下文字。想起那封信的内容，我的胸口便似乎塞得满满的。

"请进,这边坐吧。"

我递给他一张圆凳。和多果比古聊天时,我总会忘记他其实是看不见的。

"谢谢。"

多果比古一定是用声音和气味在构筑整个世界。他面朝我的方向,端端正正坐在圆凳上。

"请稍等,我这就去准备茶饮。多果比古,你喝冷饮还是热饮?"我问道。

"那么,我要冷饮吧,麻烦您了。"多果比古笑逐颜开地说。

我的感觉仍像做梦一样,真没想到能与成长得如此健壮的多果比古重逢。

我为多果比古准备的是冰箱中冷藏的苹果汁,又迅速将自己喝的那份加热,倒进杯子里。

"多果比古,你今年多大啦?"我用托盘端着两杯果汁走出来。

"二十一岁。"多果比古声音凛然地回答。

"这样啊,记得那时你还在念小学呢。"说着,我想起了还是一名少年的多果比古。尽管年纪小,当年的他却像一位知书达理的绅士。

"没错，那时是小学六年级。"

"看完那封信后，你母亲没再'亲亲脸'了吧？"我问。

"托您的福。"多果比古害羞地笑道。他的笑容也和孩提时代一模一样。

"真好呢。"我意味深长地感叹。多果比古全身上下似乎都在告诉我，他的人生过得非常充实，这多少让我感觉有些不真实。

"高中毕业后，我去国外留学了三年。"

"那很厉害呢，你在哪里留学？"

"前两年在加拿大，之后一年在澳大利亚。"

"读的什么专业？"

"残疾人运动。我把那封信交给母亲后，她为了看护我，开始陪我登山，原本她是不登山的。一开始，我走的都是徒步旅行路线，那些山的海拔也很低，后来慢慢开始挑战高山。十六岁生日那天，我登顶富士山，尝到了运动带来的喜悦。现在，我正为参加国际残疾人铁人三项运动做准备。今年春天，我供职于日本的一家企业，同时继续着我的竞技人生。"

"真了不起啊。"

眼前的多果比古，依靠自己的力量逐渐开辟人生之路。我发自内心尊敬这样的人。

"对了,前几天我第一次领到薪水,想把这个交给您。"

多果比古从背上的帆布包里拿出一只小盒子,摆在我面前。

"给我的?"

"是的。很早之前我便决定,要用自己挣到的钱送您一份谢礼。毕竟,那次我只支付了五十元。为此,我一直、一直非常介意。"多果比古说。

这种小事根本不足介怀。更何况,当时多果比古给我的五十元,无异于一枚奖牌,我甚至想要喜滋滋地在大家面前炫耀一番。对我而言,它是胜过一切的勋章。

"谢谢你。"我心情复杂地说。

"可以的话,您打开看看吧。"

在多果比古的鼓励下,我慢慢拆开漂亮的外包装。出现在眼前的,是一只装着墨水的小瓶子。

"好棒啊,颜色很漂亮。"

标签上印着"满月之海"几个字。

"您这么说,真是太好了。当时女朋友陪着我,把墨水的名字逐个念给我听,我从中挑了这款。每瓶墨水的名字都个性十足,非常有意思。说真的，当时我并不知道'满月之海'是什么颜色，想必非常美丽。然后，在那短短的一瞬，我仿佛真的看见了那种色彩。女朋友还说，瓶身圆圆的，很不错。如果您喜欢，请用一用吧。"

我用双手轻轻握住多果比古挑选的这瓶彩墨。

"多果比古，你交女朋友了呀。"这么一位大好青年，姑娘们可不会轻易放过，我想了想说。

"就是花了好些力气。"多果比古开玩笑似的说。

"你母亲身体还好吗？"

"挺好的。那之后她便和父亲离了婚，至今仍旧独自生活。偶尔我和女朋友会陪母亲一起吃饭，她俩都是性格强势的人，稍不注意就剑拔弩张起来。"

"多果比古，你夹在中间很为难吧。"我笑着道。

"您说得太对了。还没结婚呢，婆媳问题已一触即发。"他的语气并没有那么介怀。

看来，如今的多果比古非常幸福，将好的坏的照单全收，过着心满意足的人生。

话说回来，今天他可真是给了我一个巨大的惊喜，也让我见识到他的潜力。在我眼中，多果比古越发像一位绅士。

"欢迎常来做客。下次带上女朋友吧。"多果比古临走时，我对他说。

"非常感谢！"他气势十足地说，像运动部的后辈对前辈说话似的。

"我以前就很喜欢这里的气味。"多果比古用鼻子不停嗅着，如同一只小狗。

"这里的气味很明显吗？"我问。

"是的。大概文具店的气味就是这样吧，软软的，触感非常轻柔。走进店里，人立刻放松下来。我一度以为是自己的错觉，不过，今天再次证实了这一点，让我非常安心。"多果比古的脸上浮现确信的神情。

他既如此说，想必是真的。我有些开心，仿佛被夸奖的是我自己。

"回去的路上小心哟。"

我将多果比古送到山茶文具店门口，发现他走路时，完美地避开了地面散落的野生山茶花瓣。

果然，多果比古是"看得见"的。他用心灵之眼观察一切，将所有事物看得透彻明白。

多果比古提前一步，为我带来爽朗的五月之光。

半个月后，我在邮箱里发现一封寄给我的信。信封上的字迹似曾相识，我不可思议地翻到背面一看，寄件人竟然是QP妹妹。升入高中后，她的字看起来越发成熟。

我立刻走进屋子，拆开信封。QP妹妹上次给我写信，是什么时候的事？我来不及坐下，迫不及待地看了起来。

给妈妈：

　　因为平时几乎不写信，所以写这封信时我有点紧张。今天是母亲节，我想写一封信给妈妈，写点什么好呢？我毫无头绪。对不起，我可能写得不是很好。

　　妈妈，谢谢你邀我一起去伊豆大岛。

　　那趟海岛之旅，我感觉非常有趣。仔细想想，虽然以前也去过好几次江之岛，但我还是第一次搭船去海岛。我觉得自己已经彻底迷上海岛了。

　　岛上的马儿真可爱。

　　它们的眼神怎么那样温柔呢？用手抚摸马儿时，我觉得它们在安慰我，于是低落的情绪烟消云散，心也变得柔软起来。

　　妈妈，你还记得吗？

　　一年前，莲太朗和小梅刚上小学，某天傍晚，我们四人一起在段葛赏花。当时，你对我说了一句话。

　　QP妹妹长成一个美人了，和美雪很像，真好。

　　尽管妈妈说得若无其事，我却遭受了巨大的打击。

　　因为我的妈妈就是你啊。我是你的女儿。什么长得不像你，真好之类的话，未免太过分了。

妈妈，当你牵着莲太朗和小梅的手走路时，我却跟在后面不停地掉眼泪。仿佛只有自己是被孤立的，我感到很悲伤，很绝望。

因为，我一直觉得自己长得像妈妈，周围的人也都这么说。

当然，我心里是明白的。我清楚地知道当年发生过怎样的事。

即便如此，我也希望自己是妈妈的亲生女儿，同时非常羡慕莲太朗和小梅能与妈妈血脉相连。

于是，我才对妈妈说了那些伤人的话。

真对不起，请你原谅我。

不过啊，在伊豆大岛抚摸马儿的时候，我又觉得自己介怀的东西无足轻重，都是小事而已。是马儿们教会我这么想，那一刻，它们仿佛在对我说，没问题的。

我要感谢马儿。

因此，妈妈，我已经没问题了。

我的叛逆期结束了。

叛逆就是叛逆，它会让人精疲力竭。

比起毫无意义地浪费体力，我更愿意享受未来的高中生活，毕竟好不容易才成为高中生的。

我希望能够再次与妈妈像以前那样和睦相处。拜托了，今后还请多多关照。

　　妈妈，谢谢你一直以来照顾我。

　　我真的很喜欢你。

　　从未讨厌过你。

　　请你长长久久地活着，始终陪在我身边。

QP 敬上

又及：

　　好想再和妈妈单独去一次伊豆大岛。希望下次时间更加充裕，能在 Hav Café 悠闲地吃早餐，去鹈饲商店买可乐饼。对了，到时我一定要吃大岛的特产玳瑁寿司！不过，那家拉面店我也想再去一次。

我一遍又一遍读着这封信。

在伊豆大岛与 QP 妹妹共度的分分秒秒，如同美丽的光束在脑海中苏醒。我将她的信放在胸口，宛如拥抱她一样。

该道歉的人是我。自己那些轻率的言行，让 QP 妹妹的内心痛苦不已。作为母亲，我为自己感到丢脸。想到"毫无自觉的毒亲"，我禁不住背脊一寒。

有时间批评别人，不如照照镜子反思自己。长久以来，我始终没有察觉 QP 妹妹对我的爱意。

为什么当时会说那样愚蠢的话呢？要不是 QP 妹妹指出来，我一辈子都意识不到自己的过错。

我一边骂着笨蛋，一边想要狠狠揍自己一拳。

哪怕现在说对不起，也无法弥补 QP 妹妹所受的伤害，但我还是想要郑重地向她道歉。

信封上贴着一枚漂亮的九十四元邮票。

上面印着白色、粉色与红色的花瓣，不知是蔷薇还是牡丹，又或许是山茶也说不定。

QP 妹妹特意挑选了如此美丽的邮票，面对她的这份体贴，我感动得无以复加。

莲

希望能够再次像以前那样和睦相处，这话明明该由我来说才对。孩子们总是会在父母不曾察觉的时候，兀自成长，继而离开父母身边，自立门户。

不仅是QP妹妹，小梅、莲太朗以后都将如此。时间是过得很快的，一不留神，他们就离我们而去了。

那些可以尽情抚摸、拥抱孩子的时光，往往比自己以为的短暂。QP妹妹现在一定处于拼命成长、积蓄力量的阶段。

说不定，下次与QP妹妹手牵手散步时，我已垂垂老矣，连路都走不稳，甚至不记得QP妹妹是谁。

这样想着，心里越发伤感。

人生转瞬即逝，譬如朝露，去日苦多。

等下一个周末来临时，在星期日的傍晚，我邀QP妹妹外出散步。告诉蜜朗后，他说两个小的由他照看。

无论是意大利料理、日本料理、法国料理，还是烤肉、烤鳗鱼都无所谓，今晚我决定吃QP妹妹想吃的。听完我的提议，她毫不犹豫地表示想吃咖喱。喜欢咖喱这一点，大约遗传自她父亲。

于是，我俩悠闲地走去小町通，目标是一家名叫OXYMORON

的咖喱杂货店。随着春天到来，原本冷清的小町通再次游客如织。

谁知，OXYMORON 已经接下今日最后一单，如果提前五分钟出门就能赶上了，我心有不甘地想。没办法，只好换一家能吃咖喱的餐厅。我走下台阶思考着，耳边传来 QP 妹妹的声音："不如去平交道口的咖啡店吧。"

"招牌上画着两个大叔的那家？"

"对，我以前就想去了。"

"那家店叫什么来着？妈妈虽然在镰仓住了很长时间，却一次都没去过。那家店似乎很早以前就有了。"

"我听学姐说，他们家的蛋包饭很好吃。另外，店里有各式各样的甜点，好想尝一尝布丁芭菲啊。"QP 妹妹眉飞色舞道。

"突然闯进从未去过的店铺，也很有意思呢。"我说。

仔细想想，我好像是第一次与 QP 妹妹单独在镰仓亲如闺密般优哉游哉地散步。这也说明 QP 妹妹真的已经长大成人。

然而，平交道口的这家咖啡店也已打烊。正确来说，它的名字叫作 Vivement Dimanche。

"可惜了。"QP 妹妹遗憾地看着写有"闭店"的挂牌道。

我们连续被两家店拒之门外。

"在镰仓，周二、周三休息的店铺比较多，同时还有相当一部分营业时间不超过傍晚。"单身时代，我对镰仓各家店铺的营业时间、定休日都很熟悉，现在却有些生疏了。

"那么，去哪里好呢？"我问一旁的 QP 妹妹。

店铺的橱窗玻璃映出我俩的身影。我依旧比 QP 妹妹高出很多，不过她要追上我，大约只是时间问题。

"不管怎么说，先过平交道口吧。"QP 妹妹道。

于是，我们来到马路对面。

"这种地方也有店铺啊。"QP 妹妹停下脚步。

"真的呢。妈妈竟然从不知道。"

眼前半地下室的空间，赫然有家小巧别致的餐厅。

"也不知道是吃什么料理的地方。"

"看上去像洋食。"

"看看菜单如何？"

"好啊。"

我和 QP 妹妹走下楼梯，向店员借阅写有菜单的黑板。

似乎是一家专营法国料理的小店。菜单上罗列着许多吸引人的料理，使用的也是本地蔬菜或附近渔港捕捞的海鱼。

"难得来一趟，进去试试？"

听完我的提议，QP妹妹双眼发光地表示同意。

眼下只有吧台座尚有空位。我和QP妹妹并排坐在靠近店门的位子，身后的桌边坐着一位衣着时髦、富有男性魅力的镰仓绅士。他独自一人用起泡葡萄酒佐餐，吃得津津有味。店门开得大大的，有风吹入，令人心情舒畅。

尽管菜单上没有QP妹妹最想吃的咖喱，她却意外地对普罗旺斯鱼汤很感兴趣，于是我们点了两份马赛风普罗旺斯鱼汤作为前菜。

主菜则按各自的喜好分别下单。

QP妹妹毫不犹豫地点了烤牛横膈膜，我却思来想去，迟迟无法决定。最后，目光仍在盐渍鸭腿肉、珠鸡和平底锅煎白肉鱼三者之间游移不定。看来，还是QP妹妹更像一位富有决断力的大人。

"再次恭贺你顺利升入高中。"

我与QP妹妹举杯庆祝，她喝的是碳酸饮料，我手中的是精酿啤酒。

上个月，全家在鹤屋吃鳗鱼，同时庆祝她考试合格。当天店里十分嘈杂，吃到一半，莲太朗还闹起了肚子，着实是一场让人手忙脚乱的庆祝会。

QP妹妹道："妈妈，记得有段时间，你曾叫我小阳，对吧？"

面对QP妹妹忽然抛出的话题，我有些措手不及，差点被啤酒呛到。好不容易吞下后，我说："没错，小阳二字来自'阳菜'嘛，美雪也这样叫过。尽管我很想做QP妹妹的亲生母亲，但又觉得这样叫你的话，对美雪非常失礼，因此心里多少有些抗拒。但我又实在很想这样叫，只好试了一下，不过……"

我坦率地对QP妹妹表达着当时心里五味杂陈的情绪。我知道，QP妹妹已经具备接受它们的胸襟。

"不过？"

"怎么说呢，感觉怪不自然的？因为在妈妈心里，QP妹妹就是QP妹妹。"

"什么嘛。"QP妹妹扑哧一笑。

"那你希望我怎么叫？还是小阳比较好吗？"我神情严肃地问道，如此重要的话题可马虎不得。

"哪个都一样啊！"QP妹妹乐不可支道。

"都一样吗？"

"对啊，因为两个都是我的名字嘛。"

闻言，我感到片刻的茫然。说真的，我曾暗自为此烦恼，不知该不该一直用"QP 妹妹"来称呼她。

"这样啊。"我说。

或许问题并没有我想象中那么复杂。不知为何，我似乎卸下了心里的重担。接着，我与 QP 妹妹开始品尝普罗旺斯鱼汤。

除了主菜，我们还各自追加了一份甜点，将所有食物一扫而空后，肚子饱饱地走出店门。

夜幕已经降临。车站的月台上空空荡荡。

我做好心理准备，对 QP 妹妹道："我们稍微绕一段路回家吧？"

"可以啊，不过去哪儿？"

"寿福寺。QP 妹妹也去过的，还有印象吗？"

我想，她可能早已忘记自己五岁时参与过的那场约会。

"寿福寺在哪个方位？"

"去往北镰仓的路上。其实很近，不用走到切通。"我回答。

我们边聊边朝寿福寺的方向走去。

"晚餐真好吃。"

"别让爸爸知道,下次我们再去吧。"我有些恶作剧似的道。

"没错。要是让爸爸知道了那家店,他肯定会嫉妒的。毕竟店员也很帅气。"

一旁牵着大黑狗路过的老奶奶,微笑着聆听我们的对话。

我已很久没去寿福寺。仿佛为了不打破夜晚的宁静,我轻声对身边的QP妹妹说:"外祖母啊,曾经喜欢过一个人。那个人以前住在伊豆大岛呢。"

"外祖母?"QP妹妹露出不可思议的神情。

"是妈妈的外祖母啦,QP妹妹应该叫她曾外祖母吧。"

"啊,莫非是上代?"

"对对,是上代。"

"一开始这么说不就好了嘛。"QP妹妹嘟着嘴道。

"在镰仓,上代最喜欢的地方就是这里。"

说话间,我与QP妹妹站在通往寿福寺山门的台阶下。

"很美吧?妈妈非常喜欢这儿,因此想带QP妹妹过来看看。"

接着,我们一级一级缓步走上台阶。

树梢上抽出无数新绿的嫩芽,犹如黑暗中点亮的烛火。

果真是个令人神清气爽的地方。在伊豆大岛时,冬马先生带我去过波治加麻神社，那里的氛围与寿福寺有相似之处。

或许，上代便是因此而喜欢上这里的吧。

来到中门，我蹲在地上道："QP 妹妹，我来背你。"

"不要啦。"QP 妹妹有些瞠目结舌道，"今晚吃太多，再说现在的我可比初中那会儿重多了。"

"没关系的，来，让妈妈背你吧。"我不死心地说，"爸爸也曾在这里背过妈妈哟。"

几秒的沉默后，我的背上终于多出一抹温暖。QP 妹妹的体重和体温，此刻全都覆盖上我的后背。

"一、二。"我一鼓作气地起身。

想要立刻站稳颇有难度，我像举重运动员一样，花时间找到平衡点后，一条腿一条腿地慢慢站直。

完全站稳后，我才开口："QP 妹妹，对不起。真的非常抱歉，让你受到了伤害。"

终于能对女儿说出内心深藏的话。

QP 妹妹没有吭声，反而用双臂紧紧地搂住我。

我一直渴望能够与她分享从这里看出去的风景。趴在某个人的背上望见的景色，正是我从上代那里继承的珍宝。这一次，我希望把自己从前的所得,完完整整移交到 QP 妹妹手中。

放下 QP 妹妹后,我对她说:"许多年前,我和蜜朗,还有 QP 妹妹第一次约会时,他曾在这里说要背我。他告诉我,与其苦苦追寻失去的东西,不如好好珍惜手中所得,这句话彻底拯救了我。他还跟我说,如果曾有人背起自己,下次就换自己去背别人。妈妈听完这话,就变得非常喜欢爸爸了。因此,这里对妈妈而言,也是充满回忆的地方。"

"谢谢。"QP 妹妹语气平静地说,"其实我没想过让妈妈道歉,不过,现在你背着我,我很开心,因为妈妈从来没背过我,对吧?"

这么一说,好像确实没有。

我遇见 QP 妹妹那年,她已经五岁,过了需要大人背的年纪。自那以后,每当 QP 妹妹睡着,负责背或者抱她的人,一直便是蜜朗。

经过漫长的年月,对于并非我亲生女儿的事实,QP 妹妹终于逐渐接受、咀嚼,并消化为自己内在的一部分。从她的话语中,我清晰地感受到这一点。

我们再次肩并肩,缓步走下台阶。

从今往后，我将迎来与QP妹妹共同生活的新时代。

不知为何，我们心中都有这样的预感。这便是发生在镰仓某个极其美好的夜晚的一件事。

然而，人生并不总是一帆风顺，有好事，必定也有坏事。就像人得依靠左右两条腿，才能维持身体平衡。不过，道理虽如此——

QP妹妹的叛逆期问题好不容易得以解决，最近，我家却与邻居为噪声问题产生了矛盾。真是一波未平一波又起。

春意渐浓的时节，我们在家为小梅举办了一场盛大的生日庆祝会，或许这就是矛盾的导火索。几天后，我家邮箱里出现一封投诉信。寄件人恰是隔壁那位难以取悦、唯有几只猫与她相伴的邻居。

信封是冷冷淡淡的茶色，没有贴邮票。拆开信封后，我从里面掏出信纸，发现对方在A4大小的复印用纸上，直接用打印机打了几行字。还没读信，我心里便生出不祥的预感，心情有些压抑。事已至此，我总不能置之不理，只好硬着头皮读起来。

"我再也不能忍了。"

"下次会直接报警。"

"总而言之你家弄出的噪声吵得我晚上根本睡不着。"

"我去诊所开了安眠药。"

"请你们适可而止。"

"再这样下去我将无法工作。"

我越读越沮丧,读至最后一个字时,有种腹部被连刺数刀的感觉。

这绝非夸张或者比喻。我真的当即腿脚发软,一屁股坐在了地上。

不用说,我家自然非常警惕噪声问题,尤其在小梅的生日会当天,我们也事先告诫过孩子们。我甚至做了一份手绘海报贴在家里显眼的位置,上面写明需要注意的事项,比如玩耍时若想大声喧哗,一定要去室外;禁止在走廊奔跑或是冲下楼梯。

平时,小梅和莲太朗几乎不带朋友回家,而是去朋友家玩。哪怕还是孩子,他们也已尽了最大的努力。正因为两个孩子如此乖巧,做父母的才希望偶尔也能在家好好招待他们的朋友。万万没想到，等待我们的竟然是这样的结果。

整整一天，我的心情都十分郁闷，不停唉声叹气，无法专心工作。为了转换心情，我往嘴里塞了几个小鸠豆乐，却味同嚼蜡，内心毫无所动。

我不想把责任归咎于孩子们，继而感情用事地训斥他们一顿。这种行为是我坚决要避免的。

因此，直到晚上蜜朗关店回家，我都独自承受着收到邻居投诉信的事，没告诉任何人，包括 QP 妹妹。

"咱家遇到一件麻烦事。"

蜜朗回家后，我愁眉不展地对他说。越是这种时刻越要微笑以对，这个道理我也懂，可就是做不到。我想，此时自己的脸颊应该僵硬得跟石头一样。

"早上在邮箱里发现了这个。"

说着，我递过那封措辞毫无新意的投诉信。

趁蜜朗了解状况期间，我拿过他喝了几口的啤酒罐，仰头便喝。

今晚本不该喝酒，我却没能忍住，也无心把酒倒进杯里再喝。

我就着啤酒罐直接喝起来。啤酒没有刚拿出来时那么冰，我一边喝，一边心不在焉地盯着蜜朗。

从旁观者的角度很容易看出，他的表情以肉眼可见的速度阴沉下去。想起那封信的内容，我再次产生一种五脏六腑被肆意翻搅的不适感。

"真可怕啊。"看完信，蜜朗抬起头轻声嘟囔了一句。

"对吧。早上读了这封信，我就有些害怕。"

没错，蜜朗说得太对了。从早晨开始，我就沉浸在一种不知名的情绪里，原来这种情绪叫作害怕。此刻，它被蜜朗一针见血地指出，让我对他肃然起敬。

"事到如今，恐怕不是拎着点心盒上门道歉能够解决的了。"我说。

"但是，我们也没有闹腾得多厉害吧？"

诚如蜜朗所言，问题就在这里。我十分肯定地点了点头。

小梅的生日会是在星期天举办的，蜜朗也从店里回了一趟家，非常清楚当时的状况。

"生日会结束后，我们还特意让孩子们早些回家呢。"说到这儿，我不由得眼眶一红。整整一天，我都在控制情绪，就是担心会掉眼泪。

我懊恼极了。自己明明已经尽力做到最好，谁知仍旧换来这个结果。难得办一场生日会，却留下如此糟糕的尾巴，我甚至觉得对不起小梅。

"责任根本不在孩子们，你觉得呢？"我说。

当天，家里不仅有小梅的同学，莲太朗也把他的朋友叫来一起玩。两个孩子平日里习惯轻手轻脚，对噪声也比较敏感，如此一来，反倒显得他们更加可怜。

假如真如邻居所言，某个瞬间有谁发出大声尖叫，那也可能是别家小孩的无心之过，她根本不至于谴责至此。我可以肯定地说，孩子会有这种行为，是十分正常的。

"真可怕啊。"蜜朗再次嘟囔了一句。然而，光是害怕解决不了问题。

"道歉就可以息事宁人？难不成要我们全家跑去她家低头认错，保证绝不再犯？但我们那天真的没有特别闹腾啊。或许平时是吵了点，可难道不是彼此彼此吗？她自己好几次都没按时倒垃圾，也不拉好垃圾覆盖网，搞得乌鸦都来找吃的，地上七零八落的全是厨余垃圾，最后还不是我去收拾的？而且，有时她家的猫会在半夜叫个不停。这些事情我都没计较，睁一只眼闭一只眼也就过去了,难道还不算彼此彼此吗?再说,我们根本没有做什么过分的事,只因为对方发了火,就得低声下气地道歉,你不觉得匪夷所思吗?"

话到一半,我越发感觉愤愤不平。

蜜朗用冷静的声音劝道:"这跟味觉是一个道理,不同人对声音的敏感程度也不一样嘛。很可能我们自己不觉得吵,对面听来却轰隆作响。我猜,这位邻居在这方面比一般人更加敏感,受不得刺激。"

蜜朗的说法不是没有道理。

"就算如此,也不代表谁先发火谁有理吧?太不公平了。难道不奇怪吗?哪怕意见不同,也不应该一方百般要求,另一方无条件服从,正确做法是双方各退一步,互相妥协对不对?要是就这么认可邻居的做法,我家只会被她牵着鼻子走,被迫过上隐居生活!"

敌人明明不是蜜朗,我却忍不住将愤怒的矛头指向他。

"那你打算怎么办?"

蜜朗事不关己的语气让我怒火中烧。

"所以现在才找你商量啊!"我不由自主地吼了起来,对这样的自己感到格外厌恶。

我叹了口气，真是祸不单行。难道照顾孩子们的情绪，在家举办生日会也有错吗？

可是，问题的实质不在这里，心中的另一个自己冷静地劝道。

"与芭芭拉夫人做邻居那会儿，大家相处得可好了。"蜜朗落寞地说。啤酒已被喝光，他将空罐握在手里，犹如拿着一支麦克风。

我深有同感。

芭芭拉夫人住在隔壁时，我们真的真的十分和睦。

哪怕听起来像是"噪声"的响声，她也能一笑置之，幽默地视为"音乐"。我们互相谦让，融洽极了。

这就是我理想中的邻里关系。如今，情况却刚好相反，我只能用进退维谷来形容。

"这位邻居似乎是我店里的客人。"蜜朗心不在焉地轻声嘟囔。

"是吗？她经常去店里？"这件事我从未听蜜朗提起过，于是问道。

"算不上常客，记得她来店里吃过一两次午饭，那时我还不知道她住在隔壁。上一次，我不是拎着点心去道歉吗？她说有孩子跑去她院子里偷花。然后我才发现，咦，这张脸好像在哪儿见过，想了想，原来是店里的客人。不过，对方好像到现在都不知道我就住在她隔壁。"

难怪蜜朗不想将事情闹大。我理解他的心情，同时也绝对不愿把邻里矛盾闹到警察局去。对于这位凡事爱找警察的邻居，假如有人能提供正面进攻法，哪怕花钱我也愿意向他讨教一二。

接下来的日子里，我时常失眠。因睡眠不足而想起诉的人，是我才对吧。我闷闷不乐地想着，接连数日彻夜难眠。眼看蜜朗毫无当事人的自觉，把一切麻烦事都推给我，我便更加焦躁不安。

眼看烦恼堆积如山，我却一筹莫展，假如再不转换心情，我怕自己会被有毒的情绪吞噬得一干二净。哪怕采取强制措施，也得让自己出门看看不一样的风景，否则只会引发更大的问题。

自身的防御本能，向我发出警告。

星期一清晨，目送孩子们上学后，我迫不及待地走出家门。

在车站前的书店，我连内容也没读，仅凭装帧买了一本书。

因为想喝咖啡，我去御成商店街小巷里新开的咖啡店打包了一杯咖啡欧蕾，顺便买了一袋喜欢的烤点心，然后在镰仓站西口搭乘江之电。

坐在电车里，我仿佛陷入戒断状态似的，无比渴望看到大海。

因此，当电车驶过和田冢站，住宅街的屋顶对面开始隐约闪过大海的影子时，我才发自内心地松了口气。

我想面朝大海，展开双臂，放声大喊"妈妈"，然后紧紧拥抱它。也许，此刻我迫切需要一位绝对意义上的母亲陪在身边。

我望着车窗对面一览无余的明媚大海，小口小口地品着咖啡欧蕾。途中觉得有些肚饿，于是尝了一块烤点心。

日光透过云层洒向大海，犹如新娘披戴的洁白头纱。

看到这番景象，我的内心稍感安宁。在此之前，我的心受到重力拉扯，始终沉甸甸的，此时在海水的浮力作用下，我稍稍忘记了这份沉重。

这几天，连深呼吸都被我抛诸脑后。这时，我深深地吸了好几口新鲜空气，再缓缓呼出。

我在稻村崎站下车，朝稻村崎温泉走去。

孩提时代，我便听过稻村崎温泉的大名，不过一次也没来过。男爵似乎偶尔会来泡温泉，也是在这里与妻子胖蒂拉近了距离。我总以为想来时立刻能来，谁知始终没找到合适的机会。

不过现在，我的身体，不，我的灵魂，无比渴盼浸泡在温泉中。

这种感觉与饥饿感十分相似，是一种迫切的欲求。本能告诉我，必须立刻去泡温泉。而离我家最近的，非稻村崎温泉莫属。

我脱掉衣服，冲洗了一遍身体，在泉水漫过肩膀的瞬间，不由得发出野兽般的声音。尽管没有露天温泉的野趣，却能透过栅栏望见对面的大海。

起初我觉得泉水有点烫，泡着泡着，皮肤渐渐习惯这种温度，反而怡然自得起来。

泉水呈现接近漆黑的焦茶色，水质浓稠，仿佛兑了水的葛粉汤。海风强劲地吹拂，但只要把肩没入温泉中，便几乎感受不到。

我轮流泡了一会儿室内温泉和露天温泉，中途还进了桑拿房。这几年十分流行蒸桑拿，说实话，此前我不太理解大家为何特意待在这么热的房间里，难道汗流浃背很舒服吗？

不过，实际体验一番后，我终于明白了。的确，忍耐着热至极限的温度，尽情流一身汗，犹如撒豆子般，把体内堆积的毒素全部赶出，心情会变得格外舒畅。此外，我也试着泡了冷水浴，越发体会到桑拿的趣味。

我刻意不去思考那件事。毕竟正是为了暂时忘掉它，我才专程跑来稻村崎温泉。然而，它仍旧会在不经意间顽固地掠过脑海。

不去思考，说来容易做来难。思考本身，仿佛放养的野生兔子，要在不牵绳子的状态下掌控它，需要经过长期训练，普通人很难做到。

话虽如此，人依然能在某些瞬间，忘掉一切琐事，而正是这些碎片般的空无时间，让我们获得短暂的疗愈。

蜜朗提议，这次由家里两个小的写信致歉。确实，与其父母登门道歉，不如让对方认为的肇事者本人亲自说对不起，或许更能安抚她的情绪。

我想，假如真是两个孩子过于吵闹，给她添了麻烦，这样做也合情合理。

但是，这次的情况略有不同。孩子们明明没有做错任何事，仅仅因为对方发了火，父母就要逼他们写道歉信，身为父母，这么做是不对的。

邻居的存在似乎让蜜朗日渐害怕。他甚至对我说，假如她越想越愤恨，一把火烧了我们家，那才真是追悔莫及。

的确，最近我也时常从新闻上看到类似的报道，一方没有任何错处，另一方却因曲解而擅自发火，反过来记恨对方、挑衅报复。这世上有各种各样的人，大家对常识的认知也并非一致。

因此，蜜朗的观点是，无论如何，由我们家先低头认错，安抚住对方的情绪后一切便好办了,从结果来看,这么做也是为了守护我们家。也许,他的看法是对的。

可我还是百般不愿,如此一来,和硬给孩子们套上罪名几乎没有区别。

那么,由我来写道歉信可能更加合适。

在桑拿房流了满身大汗之后,我忽然想到这个方法。为什么之前都没想到呢,真是奇怪。我甚至认为,这才是最妥善的解决方案。

毕竟,我的本行就是替人写信,尽管说不上小事一桩,但模仿孩子的笔迹写信道歉,应该能够做到。至少,比起至今尚未动笔的冬马先生拜托我写给他父母的坦白信,这封道歉信反倒容易得多。

这大概便是所谓的"近在咫尺而不觉"。果然是个好主意,我忍不住夸赞自己。坐在热气腾腾的桑拿房里,我情不自禁地微笑起来。

在此之前,或许是我钻牛角尖地认为自己走投无路,才连如此简单的"近路"都没有察觉。如果四周都是高墙,就跳起来越过;如果天花板被堵住,就拼命挖个洞钻出去。如果这些方法都行不通,哪怕用牙咬,也要在墙上制造脱身的洞口。

我觉得自己像一名被关在监狱里,盘算着如何越狱的罪犯。

话说回来,我的身体出了许多汗,已经到达极限。

仿佛寻求救助似的，我用力推开桑拿房的门，出去冲了下凉，再一口气泡在温泉里。

真舒服啊。找到解决方案后，我肚子忽然饿了，差不多也该离开了。

我穿好衣服，将稻村崎温泉抛在身后，搭上开往江之岛方向的电车。

尽管十分想念花屋的太卷寿司，我仍然想要延续这趟难能可贵的小旅行，于是打算在镰仓高校前站下车。想起茜女士曾对我说，她总是将从自家出发，前来镰仓高校前站的路程，视为一趟小旅行。

我走出检票口，凭直觉找寻面包店。

今天出门时，我把手机留在了家里，无法进行最基本的搜索。

尽管是凭直觉四处闲逛，我却顺利找到一家面包店。我买了两种口味的面包，一个夹着熟菜，一个是甜口的，然后回到镰仓高校前站的月台，这里已经变成我的专属席。

我眺望着大海，享用这顿稍迟的午餐。

这才反应过来，自己忘了在面包店买饮料。月台上有自动售卖机，我买了一瓶热焙茶，将早晨吃剩的烤点心作为餐后甜点。

相比在家闷闷不乐地待着，果断外出一趟真是无比明智的决定。

我拿出在站前书店买的那本书，埋头读了起来。

高中生们走进月台，又纷纷拥入江之电。车站在喧哗与寂静之间往复循环。

每当此时，我便抬起头，喝一口热焙茶，望一望大海。

早晨在书店迅速买下的这本书，是一位陌生男性作家的随笔集。他用清淡的文笔，流畅地记叙自己平静安详的日常生活。

明明是凭装帧随便挑的，内容却与我心里的缺口不可思议地贴合。

我坐在镰仓高校前站的长椅上读完整本书，匆匆踏上回家的路。

这是一趟很棒的小旅行。

回到家，做好晚饭的准备，待孩子们去洗澡时，我便着手写信。事不宜迟，趁着这份心情尚未消失，我想把它变作小梅和莲太朗的道歉信。

下笔之前，我让自己首先化身为莲太朗。信纸是莲太朗喜欢的黄绿色折纸。

山茶的情书

> おとなりさんへ。
> こうめちゃんのたんじょうかいのとき、ぼくたちうるさくしてしまりました。ごめんなさい。なかなおりしてもらえますか？もりかげれんたろう

书信译文：

给邻居阿姨：

小梅的生日会上，我们太吵了。对不起。您愿意与我们和好吗？

守景莲太朗

写信用的铅笔，是由公文出版贩售的儿童专用 2B 铅笔，写出的字比一般铅笔颜色更深，笔杆也是带有倒角的圆润三角形。

也许因为出生于四月前，莲太朗入学时间较早，至今仍无法

写较长的文章，词汇量很小，也不会写汉字。

从这点来说，小梅成长卓然。升上二年级后，整个人越发老成，甚至会面不改色地使用一些大人的词汇。

之前的生日会上，她曾用"阴险"来形容一个不是她同学的孩子。

"阴险"这个词，对小学低年级的学生而言，应该十分陌生才对。我大惑不解，她本人却用得顺理成章。

和男孩子相比，女孩子往往更加早熟。不仅是小梅和莲太朗，所有孩子几乎都如此，通过之前的生日会，我切实体会到这点。也许原因在于，男孩与女孩的大脑构造天生不一样。

又或许她是受了姐姐 QP 妹妹的影响。小梅的字迹十分老练，因此，我决定用普通 HB 铅笔来写小梅的道歉信。

信纸套装选择的是绘有可爱图案的款式，一看便是女孩子爱用的。

纸上画着一只大大的戴头巾的猫咪。这组套装是我很久以前买的，想着代笔委托也许用得上。邻居既然是位爱猫人士，看到这样的信纸，说不定会稍感喜悦。这大约算得上某种体贴，不，应该说是成年人的心计。

我调整心情，将自己想象成小梅，拿起铅笔。

您好：

　　之前的星期天，我们第一次在家举办生日会。那天来了许多朋友，我很开心。妈妈为我做了三明治，爸爸为我烤了蛋糕。爸爸烤的是一种名叫潘多洛的意大利糕点，原本是冬天吃的，可我实在太喜欢它了，因此爸爸在那天特地为我烤了一个。第一口吃下去，我便开心地跳起来，还"呀——"地大叫出声。听说，是因为我们太吵了，邻居阿姨才会在夜里睡不着觉，我心里非常难过。

　　对不起。我们真的有认真反省。

　　您能原谅我们吗？

　　您的那只猫咪，偶尔也会跑来我家门口睡大觉，看上去好可爱啊。我很喜欢猫咪。

守景小梅

以孩子们的名义擅自写下道歉信，我感到有些自责，不，应该说是非常自责。我不确定这种解决方式一定是最好的。

算了，就从这里迈出第一步吧，这样想着，我准备把信纸装进信封。诚如蜜朗所言，做了总比什么都不做要好。

莲太朗的道歉信装在手工折纸折成的信封里，小梅的那封，信封上印有猫咪肉球的图案，和信纸是配套的。

在我看来，这个谎言并非权宜之计。与其逼孩子们撒谎，不如由作为大人的我，撒一个善意的谎，让事情圆满收场。这种程度的谎言，我想老天爷也一定能够体谅。尽管有些牵强，不过此刻，我的确愿意这么想。

翌日清晨，趁太阳还没出来，我走出家门。天色昏暗，我蹑手蹑脚地将两封信投进邻居家的邮箱。

希望这个问题就此告一段落，我在心底默默祈祷着。

接下来的几天，我十分在意邻居的反应，每天检查好几次我家的邮箱。上一回怀有这种心情，还是与年幼的 QP 妹妹通信那会儿。当时，我迫切盼望 QP 妹妹回信，总是怀着近乎恋爱般焦躁的情绪，掀开邮箱盖子。

如今的心情似乎和当时有点像，却又截然不同，或者说，两种皆不是。

假如邮箱里躺着对方同意和解的回信，那便表示事情圆满解决；而要是两封道歉信都无法取得她的谅解，那么我的做法无异于火上浇油。但愿事情不要变得如此糟糕，我在心里默念着，以至于每次检查邮箱，心情都十分紧张，似乎手也在颤抖。

一周过去了，十天过去了，半个月过去了，邻居始终没有回信。

不过，在此期间，我收到另一封令人开心的信件。寄件人是芭芭拉夫人，她甚至端端正正地在明信片上写着"芭芭拉夫人寄"的字样。

真没想到，芭芭拉夫人会从法国南部临时回国小住，而且日期近在眼前。

芭芭拉夫人说，这次回国，她打算在镰仓多待几天。

QP妹妹放学回家后，我告诉了她这件事。

"既然如此，不如就住我们家吧！"QP妹妹眨着明亮的眼睛，毫不犹豫地说。

说实话，我也是这样考虑的。当然我知道，住在酒店既便捷又舒适，但是这次，芭芭拉夫人好不容易要在镰仓待几天，我希望她能在熟悉的地方好好休整。

和蜜朗商量后,他毫无异议。虽然两个小的不认识芭芭拉夫人,但是听说家里要来客人,也表示非常欢迎。

我担心家里地方太窄,给芭芭拉夫人造成不便,却又希望能够近距离与她分享自己和家人的日常生活。

现在回信的话,时间上肯定来不及,于是我直接打了电话。

"Merci beaucoup。"芭芭拉夫人的声音一如既往,透着某种轻快的闲适感,"没有比这更令人愉快的提议了。"

"不过,您只能在 QP 妹妹的房间里打地铺,真的可以吗?"我忐忑不安地问。

"非常美妙。"芭芭拉夫人神采飞扬地回答。

事情就这么迅速地决定下来。从今天起,我又多了一项新任务,迎接芭芭拉夫人来家做客。

邻居仍旧没有回音。渐渐地,我不再将此事挂在心上。没有回音就是最好的回音,一个乐观的自己渐渐苏醒。

这种时候,需要"时药"发挥威力。要知道,时药的作用是非常可怕的。

想着即将见到芭芭拉夫人,我感觉连早晨喝的京番茶也闪闪发光。毫无疑问，这份友情令我心情激荡。

犹如恋爱一般。

我感觉整颗心都浮在半空，不由自主地想要跳起来。

最终，芭芭拉夫人决定在我家住三天两晚。原本我希望她能住上十天半月，可是，想要见芭芭拉夫人，以及她打算见的朋友数不胜数，大家分布在全国各地，都不愿意错过芭芭拉夫人回国的宝贵机会，纷纷严阵以待、热情挽留，我们也没道理独占芭芭拉夫人太长时间。

芭芭拉夫人抵达镰仓的前一天，我进行了最后一次采购。平时出门买东西时，我会一点点地凑齐生活必需品，比如牙刷、毛巾之类，这天是收尾的日子。

不知不觉间，镰仓迎来紫阳花的季节。

这个春天，受"燃烧殆尽症候群"所困，我错过了赏樱的时机。为此，我想尽情地欣赏紫阳花，弥补心灵的损伤。

源平池的莲花大约也争先恐后地开始绽放。哪怕只是瞥一眼那些将背挺得笔直的花蕾，心也会变得柔软。

估计回家时手上会拎不少东西，我便没有带伞。至于下不下雨，全凭运气。天空说不上晴朗，可我赌今天不会下雨。天气预报的播音员小哥哥也是这样说的。

然而，走着走着，天空开始阴云密布。最近的天气预报，真是一点都不准。

我在丰岛屋为芭芭拉夫人买了鸽子饼干和落雁，走出店铺刚准备回家，发现竟然真的下起雨来。冒着这么大的雨回家，显然是不智之举。

一筹莫展之际，我找了一处不会挡着别人进出店铺的屋檐避雨，忽然察觉旁边站着一人。

"老板娘，常言道'雨伞轮流转'哪。"说话间，这人递给我一柄塑料雨伞。

由于他没戴墨镜，第一时间我竟认不出他是谁。原来站在身边的人是理性黑道。可能因为他理性黑道的形象太过深入人心，以至于我连他本名叫什么都想不起来。

"可是……"我犹豫道。

"我正打算去那边的咖啡店呢。"

他将塑料雨伞硬塞到我手中。

"改天见啦。"

理性黑道穿着一身做工精良的夏季西服，飒爽地飞奔进雨中。

他的出现过于突然，此时我仍愣愣地站在原地。

刚才他提到"咖啡店"，那种独特的发音回荡在我耳边，犹如一团小小的花火卷起旋涡。

原来在关西，"咖啡店"的发音是这样的，又或许只是理性黑道习惯这么念？

话说回来，什么叫作"雨伞轮流转"啊，他居然把一句俗语改得如此绝妙。

难道关西人都是这么说的？

尽管满腹疑问，我却不想辜负理性黑道的一番好意。我撑开雨伞，小心翼翼地避免手里的东西被淋湿，踏上回家的路。

倘若下回看见没有带伞而被困雨中的人，我也想做那个一边说着"雨伞轮流转"，一边若无其事把伞递给对方的人。

第二天拂晓时分，这场瓢泼大雨总算停了。

"波波，我回来了！"话音刚落，芭芭拉夫人便出现在山茶文具店。

彼时，我正坐在办公桌前，一边关注着时间，一边心不在焉地工作，想着芭芭拉夫人差不多该到了。

"欢迎回来！"我感慨不已。

原本我想让打工女孩帮忙看店，再亲自去镰仓站迎接芭芭拉夫人。谁知听见我的提议，芭芭拉夫人断然拒绝。

她说，希望可以细细品味镰仓的空气，优哉游哉地回家。

于是，我便如往常一样，看店的同时等待芭芭拉夫人。

来自芭芭拉夫人的久违拥抱，温暖得让我感动。

"您晒黑了呢。"我仔细盯着她的脸道。

"我在那边啊，除了冬天，几乎每天都去海里游泳。不晒黑才怪呢。"

芭芭拉夫人身体一向不错，如今的她看上去比从前更加健康。我想不出还有谁比她更适合用"精力充沛"来形容。

"波波，你怎么样？过得好吗？"

刹那间，我想起芭芭拉夫人搬家后留我独自一人的那种孤寂感。不过，只要我们还活在这世上，总有一天能像此时此刻般再次相见。

"我的家人变多了哟！"我说。两个小的尚未见过芭芭拉夫人，这会儿他们也快放学了。

"QP 妹妹还好吗？"

"当然啦。记得小时候她总是吵着要芭芭拉夫人陪她玩，现在已经读高中了。"

"真想快点看到她呀。"

感觉我们之间有聊不完的话题，总之我先将她请进屋。和我单身时代相比，这里的家具摆设与装饰风格都有很大不同。

"感觉跟来到陌生人家里似的。"芭芭拉夫人一边参观每个房间，一边感叹。

"家里现在有五个人，东西也变多了，很麻烦呢。"我的话听起来像是在为自己找借口。

说完才反应过来，这还是我第一次邀请客人留宿家中，难怪全家都很兴奋。

想着昨天偶遇理性黑道也算某种缘分，于是，我招待芭芭拉夫人品尝了理性黑道很喜欢的煮焙茶，搭配的是她或许十分怀念的鸽子饼干，与她聊天时，也尽量不让她感到疲倦。

之后，我让芭芭拉夫人舒舒服服地泡了一个澡。

因为浴缸一直没换，担心她用不习惯，所以我仔细清洁了一番，在洗澡水里加入缓解疲劳的药草。

第一天的晚饭是煎饺，QP妹妹也走进厨房帮我料理。第二天下午，我家举行了女子茶话会。成员一共四人，包括胖蒂、芭芭拉夫人、QP妹妹和我。为了见芭芭拉夫人，胖蒂硬是调整日程安排，火速赶来我家。QP妹妹已经成为一名高中生，故而兴高采烈地加入了大人的行列。

女子会上的料理，是胖蒂的一系列试做样品，比如夹着熟菜的面包、适合配面包吃的小菜等。QP妹妹整个上午都在忙着烤巧克力蛋糕，我则负责准备茶水。这场女子茶话会没什么特别的招待，唯独保证大家能够尝到品类丰富的料理。

我们首先举杯庆祝能在镰仓重逢，接下来，女子会的气氛逐渐热烈，我适时地说："不好意思，最近和邻居为噪声问题起了矛盾，还请大家稍微控制一下音量，小声聊天。"

对客人提出这种要求，我心里真的非常不安，但若放任不管，噪声问题可能会变得更加棘手，于是，我鼓足勇气提了出来。

"怎么了？"芭芭拉夫人率先打破沉默，竭力控制音量，像说悄悄话似的。胖蒂也学着她的样子，正想悄声开口——

"也不用这么小声，我们只要不大喊大叫就行了。"我用正常聊天的音量道。

这次，胖蒂终于改用普通音量说话，大约也明白了事态的严重性。

"波波，请你清清楚楚地告诉我们到底是怎么回事。"芭芭拉夫人斩钉截铁地说。

收到邻居投诉信的事，我还没告诉 QP 妹妹。不过，她似乎通过我与蜜朗的对话隐约察觉了什么。接下来，我毫无保留地将事情的原委跟大家讲了一遍。只要想起这件事，我的心里就像有无数苦恼的小虫在爬。

"既然如此，干脆将她请来这边吧。"听完我的讲述，芭芭拉夫人道。

"咦，让邻居来参加女子会吗？" QP 妹妹大惊失色道。

胖蒂也睁大眼睛道："咱们连对方是怎样的人都不清楚，对吧？"

我从没想过将邻居请来自己家中，面对芭芭拉夫人的提议，有些瞠目结舌。

只见芭芭拉夫人继续道："我的意思是，将她请过来，大家好好聊一聊嘛。你们因为不清楚对方是怎样的人，所以如此不安吧，说不定对方也是一样的。大家看不到彼此的存在，于是疑心生暗鬼。你们试着想象一下鬼屋，正因为我们不知道会从什么地方钻出来什么东西,才会感到害怕呀。不过,要是知道扮鬼的是自己认识的叔叔,就一点也不害怕了,对吧?人都害怕来历不明的东西。既然如此,咱们让邻居过来亮亮相,不就解决问题了吗?说不定和波波、QP妹妹一聊,对方也会松口气呢。毕竟,波波连对方姓甚名谁都不知道吧?"

"有道理。"我说,"门口的姓名牌上没有名字,我连怎么称呼她都不知道,目前暂时叫她'邻居'。"

"她的家人呢?没有丈夫或孩子吗?"这次出声询问的是胖蒂。

"好像只有猫陪着她。至于具体多少只,我不太清楚。平时她基本不外出,可能在家办公吧。"

说真的,她搬到隔壁的两年间,我见过她本人的次数屈指可数。哪怕我去送传阅板报,她也基本不会应门,因此,每次我都将板报放在她家玄关处,就转身离开了。

芭芭拉夫人出国后,过了半年,隔壁住进一对年迈的夫妇。他们搬来那天,我们打了照面,随意聊过几句,邻里关系还算融洽。

"总之,你快去请她吧。"芭芭拉夫人催促道。

闻言,我只好慢吞吞地站起身。偏偏是芭芭拉夫人说了这句话,我根本没法拒绝。怀着半信半疑的心情,我走出了家门。

来到隔壁,我摁了邻居家的门铃,果然无人应答。

倘若对方的生活作息昼夜颠倒，我这么做，说不定会让她更加烦躁，从结果来看，可能又会惹得她大发雷霆。

就这样，我越想越悲观，无论怎么做，心里都七上八下的。

我试着又摁了一次门铃，如果对方仍旧没有反应，我就打道回府。我在心里暗自期望对方这么做，结果没过多久，屋里有动静传来，门竟然开了。

由于门上安装了锁链，我只好透过门缝朝里张望，努力地寻找话题。一只瘦弱的虎猫正拼命钻出门缝，想要溜到室外。

我语速极快地说："百忙之中打扰您，实在抱歉。我是住在您隔壁的守景。前些天，因为噪声问题给您添了不少麻烦，还请见谅。其实，今天有朋友在我家聚会，说是聚会，算上我也不过四个人，都是女性。方便的话，您要不要一起？"

前面还在向人道歉，后面却直接发出邀请，连我自己也不明白为何能把话题切换得如此迅速。总之，为了避免她话也不听完便关门赶人，我可谓费尽了心思。

然而，说完这些后，我竟有些词穷，不知如何把话题继续下去。时间一分一秒地过去，又或许没有过去太久，凝重的沉默一直充斥在我俩之间。

最终，是她打破了沉默。

"我正在工作。"

"也对啊。"我说，"女子会大概持续到傍晚，如果您愿意，到时可以来我家坐坐。"尽管我猜她肯定不会来，却还是补充了一句，感觉这样讲话会体面一些。

"打扰了。"我垂下头，深深鞠了一躬。

而我尚未把头抬起，对方已经啪的一声关上了门。

没吃闭门羹已经很好啦，我一边安慰自己，一边回了家。

由于对方戴着口罩，遮住了大半张脸，我觉得自己就像在对口罩说话。

我打开后门，只听屋内响起女人嘈杂的欢笑声。

看来，当我流着冷汗深入敌后时，三个女人乐不可支地聊起了恋爱话题。

"芭芭拉夫人喜欢什么类型的男人？"胖蒂问道。

"我想想啊，这个问题可真难回答。对我来说，每次喜欢上的男人，都会变成我喜欢的类型。"芭芭拉夫人漫不经心地答道，"不过，我有一条雷打不动的原则，就是男人终究只是嗜好品。"

"嗜好品吗？"我中途插了一句嘴。

"像巧克力、黄油、酒一样？"QP妹妹接着问道。

"没错，QP妹妹真聪明，一下子就理解了。男人哪，说到底只是嗜好品罢了，到了这个年纪，我越来越这么觉得。把他们视为必需品是绝对不行的。因为即便对方不在了，自己也得活下去呀。还有，把他们当消耗品，也是违反规则的。"芭芭拉夫人道。

"我可是每次都被对方视为必需品呢。"胖蒂说。

听着她们的话，我在内心暗自琢磨，应该没有将蜜朗当作消耗品吧。

"男人婚后总爱把妻子视为消耗品，这种做法实在缺德，还说什么女人是有保质期的，真是一群蠢蛋。女人啊，越是年长越有韵味，很多男人完全不理解这一点，尤其是日本男人。"芭芭拉夫人慷慨激昂地说着，胖蒂在一旁不断点头。

"所以啊，QP妹妹，今后你如果谈恋爱，一定要擦亮眼睛，只能和真心喜欢的人发生关系。即便搞错了，也不能让那些无聊的家伙看到或触碰你的身体。要知道，无论对烟还是对酒，一旦上瘾就会损害身体健康。总之，你得将选择权握在自己手里，哪怕独自一人也能活下去，在这个前提之下，可以与你所爱的人相伴一生，记住了吗？"芭芭拉夫人盯着QP妹妹，悉心叮嘱道。

"记住了。"QP妹妹认真应道。

站在母亲的立场，平日里我羞于对QP妹妹传授这些道理，见芭芭拉夫人讲得如此直接，我感觉真是帮了大忙。

"嗜好品吗，也对呢，人不可以太娇惯自己。"胖蒂搅拌着杯子里的冰块，意味深长地说，"我总会不由自主地做尽一切，将对方宠得一无是处。这样想想，对方可不是把我当作必需品了吗！"

也不知她所说的"对方"，是指丈夫男爵，还是那位传说中的年轻贝斯手。我一边思索着，一边倾听她的感悟。

"每个人都有自己的喜好和习惯，到头来，恋爱也不过是一再复制相同的经历罢了。"我也发表了自己的观点。回顾我的恋爱史，尽管每次我都信誓旦旦地表示，下回要和不同类型的人谈恋爱，然而揭开盖子一瞧，自己每次仍被同一种类型的人所吸引。

"QP妹妹没交男朋友吧？"胖蒂问道。

"虽然觉得对方人不错，但说到交往，还为时过早。现在，我只要在一旁看着他，就心满意足了。"

"这样啊。"我感叹道，非常理解QP妹妹的做法。

然后——

"对，这样就足够了。太早发生关系可不见得是好事哟。"芭芭拉夫人说得十分露骨。

完全没想到这里会忽然冒出性爱话题，我听得心惊肉跳，见QP妹妹一脸严肃，总算放下心来。

女子会气氛热烈，谁也没有提及邻居，因此我也不打算专门汇报。

下午三点多，门铃响了。我没想过邻居真的会来参加女子会，不如说，因为大家聊得太投缘，我早已将邀请邻居参加女子会的事抛到九霄云外，满心以为是送货上门的快递人员。我慢吞吞地走到门口，打开门一看，邻居正站在那里。时间似乎凝固了几秒。

莫非又是来投诉噪声问题？我警惕地看着她。

"家里没什么适合的吃食，我只好做了一些炸鸡块。"

邻居的话出乎我的意料，只见她递过一只纸袋，里面装着保鲜盒。我被这突如其来的转折惊得内心慌乱不已，却还是假装平静地请她进屋。

我首先将同一栋房子的上上任主人——芭芭拉夫人介绍给她认识，接着是知名YouTube博主胖蒂，然后是女儿QP妹妹，最后又做了一遍自我介绍。在此期间，邻居没有摘下脸上的口罩，眼中波澜不惊，始终没说一句话。

难道这位邻居极度怕生？忽然被拉来参加全是陌生人的女子会，她心里说不定非常紧张。

话到一半，我终于察觉这点，其余三人也明白过来，于是没有表现出过多的热情，也尽量不刻意搭话或提问。

渐渐地，邻居偶尔也会表示几句赞同，或是加入我们的聊天。

这一天，我了解到的事实是，邻居姓安藤名夏，在家做校对工作。家里的猫是别人寄养的，她以志愿者的身份暂时代为照顾。

不过，仅从外表来看，无法确定她的年龄。

很久之后我才得知，她之所以看上去一副不高兴的样子，是因为罹患面瘫。常年戴着口罩，也是因为她十分在意自己面无表情的模样。

太阳快下山时，胖蒂大声道："哎，总觉得心里不大爽快呢。"

说完，她才察觉自己声音过大，脸上浮现"糟糕"的表情，随即反应过来，邻居，也就是安藤夏女士就在这里，于是松了口气。

"不晓得为啥，最近几乎没遇上一件好事呢。"我也模仿胖蒂的语气，说出不久之前内心的感受。不过我的话十分隐晦，没有点明原因出在安藤夏女士身上。

"既然这样，不如去那边的镰仓宫扔除厄石吧。"没想到，提议的竟是安藤夏女士。在场诸位第一次听她完整讲出这么长一句话，不由得面面相觑。

"我想去！"率先出声的是 QP 妹妹，接着，胖蒂和芭芭拉夫人纷纷表示赞同。

"前不久，我患上了燃烧殆尽症候群，当时也好想去镰仓宫扔除厄石，不过最终没去就是了。"我说。

"我其实很想试一次。"安藤夏女士微微眯起眼睛。

也许，她曾因为自己的名字多次遭受旁人的揶揄。在我看来，这个名字十分优雅，可她本人一定十分厌恶它被旁人嘲笑吧。

也是这个缘故，她才没在门口的姓名牌上标注自己的姓名。当然，这一切只是我的擅自推断罢了。

就这样，五个女人踏着梅雨时节里难得一见的晴朗黄昏，渡过小河，朝镰仓宫走去。

走在最前面的，是 QP 妹妹。紧跟在她身后的，是安藤夏女士。我们排成一列往前走着，犹如一场女子游行。我走在队列最后。

每走一步，裤兜里的硬币就叮当作响，这些是待会儿需要供奉的香油钱。出门之前，我胡乱从家里的零钱罐中帮大家抓了一把，揣进裤兜里。也许实际上根本用不了这么多，硬币有些重，裤子沉沉地往下坠。

镰仓宫的主祭神是推翻镰仓幕府的护良亲王，他最终被足利尊氏的弟弟囚禁于此，二十八岁便英年早逝。

镰仓宫内，至今依旧保留着当时囚禁护良亲王的土牢遗迹。

我们先轮流参拜了主殿。

除了我，其他四人好像都没带零钱。近年来流行刷卡支付，使用零钱的机会渐渐少了。我一边想着，一边给每人发了二十五元零钱。

参拜神社时准备二十五元的香油钱，这是我跟上代学的。直到最近我才明白，原来这寓意吉祥与好运，寄托着参拜者的心愿。今天这场女子会，远在天国的上代一定也有参加。

女子会上赤裸裸的话题多少让她有些皱眉，但她说不定也得意扬扬地讲起了曾经讳莫如深的与美村氏有关的往事。

每人都参拜完毕后，我们朝除厄石的方向走去。

所谓除厄石，其实是一种素烧陶器。只要对着陶器吹几口气，把体内的厄运转移到陶器里，然后将陶器扔向石块，自身的厄运就能应声而碎。据说此举是为效仿怀着不屈的精神走向人生终点的护良亲王。

素烧陶器呈现淡淡的奶油色，看上去很像最中饼的饼皮。我专心致志地吹着，想把体内所有负面情绪都排空。

然而，实际扔过才知道，素烧陶器比想象中结实许多。

别看它名为陶器，质地单薄，实则状似小碟，向下凹陷，在空气阻力下，很难如愿撞击在石块上。即便撞上去，有时也完好无损，看来厄运没那么容易被摆脱。

我扔了又捡，捡起又扔，也不记得挑战了多少次。等到摔碎那个陶器时，我背上早已被汗水浸湿。

胖蒂扔得比我更加吃力，QP妹妹似乎没什么厄运，扔出去的陶器连石块都没撞上。芭芭拉夫人扔了两次，第二次陶器上出现几道剐痕，边缘倒是碎了。

让人刮目相看的，是最后出场的安藤夏女士。只见她摘掉口罩，闭上眼睛，严肃地朝素烧陶器中吹了几口气，随后以优美的姿势瞄准石块，用力地掷出陶器。

陶器撞上石块，精准地碎成两半。所有人里，只有夏女士一次击中，完美收官。

那个瞬间，夏女士的眼中仿佛全是笑意。尽管仍旧面无表情，她的双眸却在笑。

大家围在夏女士身边向她道贺。芭芭拉夫人最先摆出击掌庆祝的姿势，其余三人同样举起双手。见状，夏女士与我们一一击掌。

如此一来，在场诸位的厄运皆被破除。

"终于轻松了！"夏女士用到今天为止最为清爽的声音道。

不知不觉间，夜色悄悄地在脚下铺开。

胖蒂急着返回叶山，夏女士也必须回家继续工作。

于是，今天的女子会在镰仓宫的鸟居下正式结束。

芭芭拉夫人走在中间，我与 QP 妹妹伴随她左右，三人并肩漫步在黄昏的小道上。时间正好。今晚，我们包下了蜜朗的咖啡店，打算全家与芭芭拉夫人一起享用蜜朗烹制的晚餐。

"谢谢您。"我满怀感激地对身边的芭芭拉夫人道谢。

"她只是性格有些笨拙罢了，其实很爱撒娇，比普通人更易感到孤独，也愿意和他人好好相处。"

芭芭拉夫人轻轻拉起我的手往前走着，另一只手则牵住 QP 妹妹。三人手牵着手，看上去如同英文字母 M。

"到了这个年纪，我经常会想，人是为了什么而来到这世上的。因为无论积累多少财富，也没法带去那个世界，即便建起豪华的房子，临死时连一砖一瓦也带不走。更别说要和喜欢的朋友分开，与心爱的人道别，对吧？真的，这个年纪的人，生命中充满各种各样的放手。"

"那么，人究竟是为了什么而来到这个世界的呢？" QP 妹妹率真地抛出一个朴素的疑问。

芭芭拉夫人沉默地走了一会儿，望着天空，说："或许，这个世界就像游乐园。云霄飞车告诉我们什么是恐惧，旋转木马让我们明白何为浪漫，大家都是为了讴歌生命而来到游乐园的，不是吗？释迦牟尼曾说，众生皆苦，人生就是苦难的不断延续。这个观点不是没有道理。不过啊，身为芭芭拉夫人，我相信人是为了欢笑而来到这个世界的。在游乐园尽情嬉戏，就是人生的醍醐味。人要学会享受体验本身，包括恐惧、痛苦等一切负面情绪。不过，所有人最终都会离开游乐园，我想，这大约是这世间唯一的法则吧。能在多大程度上享受游乐园，也就代表那个人的人生具备多少真正的价值。"

芭芭拉夫人的每一句话、每一个字，对我而言都如同宝石。

我与 QP 妹妹通过芭芭拉夫人，间接牵着对方，用各自的双手，郑重地收取来自芭芭拉夫人的宝贵箴言。

"所以呢，二位要尽情欢笑，充分享受自己的人生啊。"说完，芭芭拉夫人用力握住我们的双手。

忽然之间,我有点想哭,想用全世界都能听见的声音,大喊一句:"我爱你!"

我切实感到,这一刻,能以这样的方式,在这里享受生命,是多么值得热爱的事。

"慢慢来。注意安全!"

我起身走到月台边缘,忍不住探出身体大声叫道,尽管知道父女俩根本听不见。

此刻,我正站在江之电的镰仓高校前站。

刚才,QP妹妹和蜜朗站在路边朝我挥手。从那时起,我就像用鹈鹕捕捞香鱼一样,不停用目光捕捉着父女俩的身影。他们下海后,我渐渐分不清哪个是QP妹妹,哪个是蜜朗。

即便如此,我仍旧目不转睛地望着他们所在的方向,拼命寻找。那仿佛漂浮着无数海豹的海面,有我深爱的两人。

今天是QP妹妹初次尝试冲浪的日子。

我用理性黑道支付的高额委托费,为她买了一套潜水服,作为高中入学的贺礼。至于浮板,听说她准备以后努力打工,用自己赚的钱去买,在此之前,暂时使用蜜朗的熟人借给她的一张新浮板。

我独自坐在椅子上望向大海。这张长椅，我曾与茜女士并肩而坐，一边看海一边聊天。

已经完全看不清哪颗脑袋才是 QP 妹妹。

初夏的大海，风平浪静，海水轻柔地托起人们的身体。

看着大海，我深切体会到人类的渺小与脆弱。以人类的躯体，根本无法抵御巨大的海浪，顷刻间便被它吞没。

然而，始终有这样一群勇者，向着大海奋力前行。

我从包里取出一封信，拆开信封，掏出信纸。前几天，我总算完成了这封冬马先生委托我写给他父母的坦白信。

阳光下，我逐字逐句地看完它。

"谢谢。"

我对着湛蓝澄澈的天空轻声道。

感谢上天让我平安无事地生活在这里，让我呼吸，并且感受一切。我的心中犹如涨潮一般，充满对上天的感激之情。

或许，"幸福"存在于我们日日努力挣扎的泥沼之中。

即便这种挣扎在旁人眼里无比失态、无比滑稽，我也深爱着这样的自己与所有重要的人。

致养育我的双亲：

作为你们的独生子，我诞生在这个世界上。

我明白，你们真的将我看得十分重要，并且不辞辛劳地抚养我长大，为此，我发自内心地感谢你们。

为了回应你们的期待，我以自己的方式努力成长。

一切都是为了获得你们的嘉许，成为令你们骄傲的儿子。

孩提时代，我为自己定下的目标是，变成你们期待的那种人。

我不想让你们失望。

然而，不知从何时开始，我的心里渐渐生出不解，或者说违和感。

为了顺从你们的价值观与习惯，我不停地扼杀着真实的自我。

最初，我将这一切视为理所当然，并且丝毫不会感到痛苦。只要我尽力忍耐，就能让父母变得幸福，何乐而不为呢。我从来不觉得，这是一种自我牺牲。

可是，在那之后的成长过程中，我邂逅了父母以外的成年人，认识到另一个与我出生、成长的家庭迥然不同的世界，终于开始被自己曾经的所作所为刺痛了。

还记得龙三叔叔吗？

每年暑假，我都会去伊豆大岛。

在岛上，我们不做任何特别的事，仅仅一起吃早饭，去海里游泳，偶尔晚上放一放烟花，就这样度过每一天。

可是，我每天都觉得非常非常快乐。那是一段让人相信自己真真正正活在这世上的时间。

仔细想想，从前的我十分在意父母的眼光。

采取行动之前，我总是首先揣测父母希望我如何做，而不是自己希望如何做。

这或许是因为，我害怕父母不再爱我。

最近我才得知，龙三叔叔曾经爱过一个人。

我认为，尽管他二人的关系不为世间所容，叔叔却用自己的方式，深爱着那位女子。

如今，我也和自己所爱之人生活在伊豆大岛。

对方是一名男性。

也许很早之前你们已经有所察觉，但我知道，你们绝对不会认可我与他的关系。

被亲生父母否定，曾一度让我非常非常苦恼。

为此，我迟迟无法告诉你们真相。

十分抱歉，我没能走上你们所期待的人生之路，没能让你们见到盼望已久的孙子。我的内心也痛苦至极。

但是，这真的超出了我的能力范围，我实在别无选择。

希望你们明白，在这件事情上，你们与我都无须担负任何责任。

请你们不要悲叹，也不要愤怒，而是冷静地理解这个现实，再慢慢接纳它。这是我写下这封信的初衷。

我想重申一遍，你们按照自己所理解的爱的方式，抚养我长大，对此我深表感激，毫无怨言。然而，我自诞生的那一刻起，便踏上了与你们截然不同的、属于我自己的人生之路，这是不容否定的事实。

说实话，过着世人眼中非主流的人生，我也会格外不安。即便如此，我依旧打算与伴侣共同探索，开拓属于自己的天地。

虽然人无法凭借自身意志，选择出生环境与亲生父母，但是如何过好接下来的人生，这一主导权掌握在他自己手中。

能够出生在这个世界上，真好——遇见我的伴侣后，我总算能够这样想，也总算能够发自内心地笑起来。

我想，上面所说的一切，大约一时半刻你们无法理解，需要花些时间整理内心。但是没关系，希望有一天，能与你们笑着重逢。

谢谢你们带我来到这个世界。

谢谢。

冬马敬上

我不经意地抬起头,隐约听见上代的笑声。或许在上代眼里,我终于成为一名能够独当一面的代笔人。

"感谢你始终守护着我。"

我望着蓝天喃喃自语。

仿佛呼的一声吹散蒲公英的果实,从今以后,我会继续将希望的种子撒向这个世界。

父女俩从海上归来,我走下镰仓高校前站的月台,笑着拥抱他们。

一开始,我只是用浴巾裹住浑身湿透的 QP 妹妹,为她擦掉多余的水分。擦着擦着,我不由自主地想,她能平平安安从大海里回到我身边,是多么幸运的奇迹。紧接着,眼泪涌出眼眶,止也止不住。

我为哭泣的自己感到难为情,泪水却像天上的雨滴,不停滑落,而且越是勉强自己去笑,眼泪便掉得越厉害。

"波波可真是爱哭鬼啊。"

蜜朗笑着用冰凉的指尖拂去我的眼泪。

此刻的他也好不到哪儿去,或许是被我的情绪所感染,刚才他也偷偷地抹起眼泪。不知从何时开始,我与蜜朗变成一对脆弱爱哭的夫妻。

面对哭泣不止的父母,QP妹妹神情淡然,毫无所觉。不,她分明早已察觉,却又假装没有看见。

倘若QP妹妹,以及不在此处的小梅与莲太朗,能够沐浴着阳光,健康茁壮地成长,我便心满意足了。

无论未来如何,只要活着,终有一天,我们能在世间的某处再度相逢。